中國語言文字研究輯刊

二七編

第**4**冊

〈曹沫之陳〉異文研究（下）

劉嘉文著

花木蘭文化事業有限公司

國家圖書館出版品預行編目資料

〈曹沫之陳〉異文研究（下）／劉嘉文 著 -- 初版 -- 新北市：
花木蘭文化事業有限公司，2024〔民 113〕
目 4+222 面；21×29.7 公分
（中國語言文字研究輯刊　二七編；第 4 冊）
ISBN 978-626-344-830-8（精裝）

1.CST：簡牘學 2.CST：簡牘文字 3.CST：研究考訂

802.08   113009381

ISBN-978-626-344-830-8

9 786263 448308

中國語言文字研究輯刊
二七編　第四冊　　　　　ISBN：978-626-344-830-8

〈曹沫之陳〉異文研究（下）

作　　者　劉嘉文
總 編 輯　杜潔祥
副總編輯　楊嘉樂
編輯主任　許郁翎
編　　輯　潘玟靜、蔡正宣　美術編輯　陳逸婷
出　　版　花木蘭文化事業有限公司
發 行 人　高小娟
聯絡地址　235 新北市中和區中安街七二號十三樓
　　　　　電話：02-2923-1455／傳真：02-2923-1452
網　　址　http://www.huamulan.tw 信箱 service@huamulans.com
印　　刷　普羅文化出版廣告事業
初　　版　2024 年 9 月
定　　價　二七編 13 冊（精裝）新台幣 42,000 元

〈曹沫之陳〉異文研究（下）

劉嘉文 著

目

次

第七節 「論善攻、善守」章

一、〔寶〕

《上博簡（四）·曹沫》簡 55-56：「民又（有）寶（寶）」[註662]

《安大簡（二）·曹沫》簡 40-41：「民又（有）寶〈寶（寶）〉」[註663]

　　《上博簡》整理者：讀「保」，可訓「守」，這裡指防禦設施。[註664]

　　《安大簡》整理者：「民有寶」，《上博四·曹沫》簡五六「寶」作「寶」，整理者注：「讀『保』，可訓『守』，這裏指防禦設施。」季旭昇說：「『寶』可徑讀『寶』，猶《老子》第六十七章『我有三寶』。」……其實「寶」是「寶」的異體。簡文「寶」指其下所說「曰城，曰固，曰阻」三種地理優勢。《通典》卷一五九所引《衛公李靖兵法》引《軍志》云：「地利為寶。」「寶」，從「宀」「貨」，「貨」亦聲，讀為「貨」，財物，金錢珠布帛的總稱。《書·洪範》「一曰食，二曰貨」，孔穎達疏：「貨者，金玉布帛之總名。」「寶（貨）」與「寶（寶）」同義。古書中常見「寶」「貨」連用。[註665]

　　高師佑仁：筆者認為「寶」、「貨」連用不代表二字的意義就能夠劃上等號……（引者案：即「」、「」）二者只差在中間右半結構不同，一者從「缶」，一者從「匕」。值得留意的是，戰國文字「貨」一般都寫成從貝、化聲，就現有的各類字編、字譜、字表等成果來看，先秦古文字尚未見到第二例從「宀」的「寶」字。最直接的例子是安大簡《曹沫之陳》簡 11 就有個「貨」字，字正作「」，沒有「宀」旁，是楚簡典型的「貨」字。綜上所述，筆者認為安大簡「寶」是上博簡「寶」的誤字，安大簡《曹沫之陳》書手的誤字現象頗為

[註662] 馬承源主編：《上海博物館藏戰國楚竹書（四）》（上海：上海古籍出版社，2004 年），頁 279～280。

[註663] 安徽大學漢字發展與應用研究中心編，黃德寬、徐在國主編：《安徽大學藏戰國竹簡（二）》（上海：中西書局，2022 年），頁 56。

[註664] 馬承源主編：《上海博物館藏戰國楚竹書（四）》（上海：上海古籍出版社，2004 年），頁 280。

[註665] 安徽大學漢字發展與應用研究中心編，黃德寬、徐在國主編：《安徽大學藏戰國竹簡（二）》（上海：中西書局，2022 年），頁 74。

普遍……古籍常見「三寶」之說……上述文例（引者案：即《老子・第六十七章》、《六韜・六守》）中的「寶」字，均泛指貴重之物。相反的，古籍中完全沒有「三貨」之說。基於以上幾點，筆者認為安大簡的「貨」當是「寶」的誤字。〔註 666〕

　　謹案：《上博簡》作「」（下文將以「△₁」表示），《安大簡》作「」（下文將以「△₂」表示）。高師佑仁之說法可從。《安大簡》整理者以為「貨」、「寶」二字義近通用。後來高師佑仁以為「貨」、「寶」二字概念並不相同，並指出「貨」是「寶」之誤字。就文意上來看，「寶」字確實優於「貨」字。楚文字「貨」的寫法非常穩定，從未見添加「宀」旁。雖然「△₂」字所從「宀」旁可視為贅旁，且戰國楚文字有大量增添贅旁「宀」之例。不過上文已言戰國文字「貨」未曾見過從「宀」旁，加上《安大簡（二）・曹沫》書手在抄寫文字也沒有增繁無義偏旁之例，故可以說添加無義的「宀」旁之可能非常低。就「△₁₋₂」二字之構形來看，二字之差異僅在於中間右半所從之偏旁，前者從「缶」旁，後者從「七」旁。雖然「缶」、「七」二字從甲骨金文到戰國文字區分甚明，難以混訛，不過《安大簡（二）・曹沫》書手已錯寫不少的文字，如「或—武」、「曏—棄」、「忱—怓」等，〔註 667〕故「缶」旁訛寫作「七」旁不無可能。

　　最後，「寶」、「貨」二字之義界上並不一樣。「貨」字一般帶有商業之概念，如徐鍇《說文繫傳》：「可以交易曰貨。」〔註 668〕又《易・繫辭下》：「日中為市，致天下之民，聚天下之貨，交易而退，各得其所，蓋取諸噬嗑。」〔註 669〕又《論語・先進》：「賜不受命，而貨殖焉，億則屢中。」皇侃《義疏》：「財物曰貨」。〔註 670〕而「寶」字一般有「珍用」、「珍寶」之概念，如《爾雅・釋言》：

〔註 666〕高師佑仁：〈談《曹沫之陳》「民有寶」一段釋讀〉，《中國文字》總第 9 期（2023 年），頁 103～105。

〔註 667〕詳見「武」字條、「宏／雄」字條、「早」字條，本文頁 194～198、182～187、153～158。

〔註 668〕〔南唐〕徐鍇撰：《說文繫傳》（臺北：臺灣中華書局，1970 年，中華書局據小學彙函本），頁 5 下。

〔註 669〕〔魏〕王弼注，〔唐〕孔穎達疏：《周易正義》（北京：北京大學出版社，2000 年，嘉慶 21 年南昌學堂重刊宋本），卷 8，頁 351。

〔註 670〕〔梁〕皇侃撰，高尚榘校點：《論語義疏》（北京：中華書局，2013 年），頁 280。

「琛，寶也。」邢昺《疏》：「寶，謂珍寶也。」〔註671〕又《公羊傳‧定公八年》：「寶者何？璋判白，弓繡質，龜青純。」何休《注》：「謂之寶者，世世保用之辭」。〔註672〕所謂「寶貨」者，泛指金銀財寶，可是「寶貨」一詞並不是義近連言。因「寶」、「貨」二字在字書、注疏完全找不到互訓的例證。筆者疑「寶貨」應是一組偏正詞構。即「寶」字用作形容詞，指「珍貴的」義，而「貨」字則用作名詞，指「財物」義，以「寶」修飾「貨」。故「寶」、「貨」二字之概念實有所不同。

　　上文已言「寶」字在文意上較「貨」字為佳。由於在古書中多見以「寶」字比喻對國家、百姓有利之事或物，高師佑仁已於文中舉出數則書例，今再添補例子，如《孟子‧盡心下》：「孟子曰：『諸侯之寶三：土地、人民、政事。寶珠玉者，殃必及身。』」〔註673〕又《管子‧樞言》：「城郭、險阻、蓄藏，寶也。」〔註674〕加之「寶」、「保」一語雙關，皆可以說明〈曹沬之陳〉以「寶」字來比喻「城、固、阻」都是保護國家、百姓之重要防禦設施。

　　綜上所述，「△₂」字當是「△₁」字之訛誤，而且「寶」、「貨」二字在義界有所不同，不能說是義近關係。

二、〔盡〕

《上博簡（四）‧曹沬》簡56：「三者聿（盡）〔一〕甬（用）不皆（稽）」

《安大簡（二）‧曹沬》簡40：「三者𡝗〈聿（盡）〉〔一〕甬（用）不皆（稽）」

　　謹案：可參第一節之第五條考釋，頁34～35。

三、〔宏／雄〕

《上博簡（四）‧曹沬》簡56：「邦豪（家）㠯（以）㤰（宏／雄）」

《安大簡（二）‧曹沬》簡40-41：「邦豪（家）㠯（以）忧〈㤰（宏／雄）〉」

〔註671〕〔晉〕郭璞注，〔宋〕邢昺疏：《爾雅注疏》（北京：北京大學出版社，2000年，嘉慶21年南昌學堂重刊宋本），卷3，頁76。

〔註672〕〔漢〕公羊壽傳，〔漢〕何休解詁，〔唐〕徐彥疏：《春秋公羊傳注疏》（北京：北京大學出版社，2000年，嘉慶21年南昌學堂重刊宋本），卷26，頁657～658。

〔註673〕〔漢〕趙岐注，〔宋〕孫奭疏：《孟子注疏》（北京：北京大學出版社，2000年，嘉慶21年南昌學堂重刊宋本），卷14下，頁467。

〔註674〕黎翔鳳撰，梁運華整理：《管子校注》（北京：中華書局，2004年），頁242。

　　《安大簡》整理者：「忧」，原文作「🔲」，《上博四·曹沫》簡五六作「🔲」，二字形近。根據文意，疑本簡「🔲」當是「🔲」之誤，可隸定作「忘」，從上博簡整理者讀為「宏」。或說上博簡「忘」是「忧」之訛，「忧」讀「尤」，訓「咎」，指災禍。〔註675〕

　　高師佑仁：筆者認為綜合文義來看，當以「正面論述」為是，在此有兩個觀察重點：

　　　一、本段是曹沫對於魯莊公「善攻者奚如」之問的回應，曹沫將「城」、「固」、「阻」統稱為「三寶」，這顯然是肯定國家基礎防衛設施的重要性，那麼整段話應該是「正面論述」才符合語境。

　　　二、簡文「三者盡用」的「盡用」，是古籍之習語，指對某事、某物的「竭盡使用」，曹沫既然建議國君要將「三寶」的價值發揮到極致，那「不皆」怎可能是負面意涵呢？

筆者認為前引《六韜·六守》內容，能廓清此問題。姜太公在闡述「三寶」的內涵後指出「三寶完，則國安」，敦煌本作「三寶完，則君安。」銀雀山漢墓竹簡《六韜》簡656則作：「三葆（寶）定，則君☐」，雖然用字略有差別，但對文意的影響不大。《六韜》的意思是「三寶」（大農、大工、大商）完備、完成以後，國家（或國君）就能穩定發展（或安心）。《六韜·六守》的這段結語，與簡文的「三者書（盡）用不皆，邦家以宏」，雖然用字有別，然大意相同，都說明若能發揮「三寶」價值，國家便可以得到長足發展，據此推論簡文中的「不皆」和「邦家以△」，都應是正面的表述。所以，筆者認為上博本的「忘（宏）」是正字，安大本的「忧」則是「忘」的誤字。〔註676〕

　　王勇：此字（引者案：即「忧」字）疑當讀「拱」或「鞏」，其字從厷得聲，「厷」字古音見母蒸韻，「拱」或「鞏」古音皆見母東韻，「厷」「拱」或「厷」「鞏」二字音近可通……城，固，阻，拱衛、拱繞在外，民處其中，故言「邦家以拱」。若釋「鞏」，作「邦家以鞏」，則取其鞏固之意，亦可通。〔註677〕

〔註675〕安徽大學漢字發展與應用研究中心編，黃德寬、徐在國主編：《安徽大學藏戰國竹簡（二）》（上海：中西書局，2022年），頁74。

〔註676〕高師佑仁：〈談《曹沫之陳》「民有寶」一段釋讀〉，《中國文字》總第9期（2023年），頁105～109。

〔註677〕王勇：〈釋安大簡《曹沫之陳》「邦家以忧」、「明詁於鬼神」、「吾言氏不女」〉，武漢

謹案：高說可從，《安大簡》「忱」字當是《上博簡》「恀」字之訛誤。《上博簡》作「」（下文將以「△₁」表示），《安大簡》作「」（下文將以「△₂」表示）。首先簡文「三者盡用不皆」中的「皆」字當如何理解。在未見《安大簡》的時候，學界對於「皆」字有不同之釋讀意見如下：

（一）《上博簡》整理者把「皆」讀作「棄」。〔註678〕

（二）陳劍作「（棄？）」表示對《上博簡》整理者之意見存疑。〔註679〕

（三）高師佑仁以為讀作「稽」，指「停留」義。〔註680〕

後來公布《安大簡（二）》後，《安大簡》整理者提出兩種說法：第一說是讀作「替」，指「偏廢」義；第二說是整理者黃德寬提出，黃說以為「皆」讀作「諧」，指「和諧」義。〔註681〕黃德寬之所以認為「皆」讀作「諧」，是因為「△₂」字作「忱」，並視「△₁」字是誤字，進一步影響「皆」字之釋讀方向。後來高佑師仁仍堅持把「皆」讀作「稽」，並視「△₂」字是誤字。把學界之意見放回簡文「三者盡用不皆，邦家以～」釋讀，是兩種相反敘述。故現在的問題是「皆」字之釋讀會影響「△₁₋₂」二字到底何字才是誤字。

先談「皆」之釋讀問題，筆者認為高說可備一說。「皆」字當讀作「稽」，訓「阻礙」義。先談《安大簡》整理者之第一說，《安大簡》整理者以為「皆」字讀作「替」，不過「皆」字之上古音屬見紐脂部，「替」字之上古音則屬透紐質部，雖然脂質可以對轉，唯二字之聲紐並不接近，無法相通。再來談《安大簡》整理者黃德寬及《上博簡》整理者的意見，高文已有評論，可參。〔註682〕最後談談高說，高師佑仁以為「皆」讀作「稽」，並舉出古書有「皆」字之聲系

網，（2023年5月16日）。取自 http://www.bsm.org.cn/?chujian/9018.html，2023年5月16日讀取。

〔註678〕馬承源主編：《上海博物館藏戰國楚竹書（四）》（上海：上海古籍出版社，2004年），頁281。

〔註679〕陳劍：〈上博竹書《曹沫之陳》新編釋文〉，收入氏著：《戰國竹書論集》（上海：上海古籍出版社，2013年），頁122。

〔註680〕高師佑仁：《《上海博物館藏戰國楚竹書（四）·曹沫之陣》研究》下冊（臺北：花木蘭文化出版社，2008年），頁308。

〔註681〕安徽大學漢字發展與應用研究中心編，黃德寬、徐在國主編：《安徽大學藏戰國竹簡（二）》（上海：中西書局，2022年），頁74。

〔註682〕高師佑仁：〈談《曹沫之陳》「民有寶」一段釋讀〉，《中國文字》總第9期（2023年），頁105～106。

與「稽」字之聲系相通之例，並訓作「留」。不過「稽」訓「留」，此處的「留」指的是「停留」、「延遲」義，多與時間有關，如徐鍇《說文繫傳》：「考之（引者案：即「稽」字），即遲留也。」〔註683〕筆者認為簡文「三者盡用不皆」中的「皆」字或可以讀作「稽」，訓作「阻礙」義，如《漢書・公孫弘傳》：「滑稽則東方朔、枚皋」，顏師古《注》：「稽，礙也。」〔註684〕又《後漢書・段潁傳》：「涼州刺史郭閎貪共其功，稽固潁軍，使不得進。」〔註685〕簡文「三者盡用不皆」即意謂「城、固、阻這三個防禦設施可以竭盡使用而不加以阻礙」。由此可見，簡文上一句「三者盡用不皆」應是正面論述，那麼下一句「邦家以～」亦應該是正面論述，故「△₁」字當是「△₂」字之訛誤。

「△₁₋₂」二字形近易訛。「厷」字經常訛作「尤」字，如《郭店簡・六德》簡16「忧」字，字作「」，其辭例作「勞其股～之力弗敢憚也」，學者對此字多有不同的說法，〔註686〕當中陳偉、趙平安皆以為字可隸定作「怤」，讀「肱」。〔註687〕陳、趙二氏之說法值得關注。現在有了「△₁₋₂」二字之例，我們可以知道《郭店簡・六德》「忧」字當是「怤」之訛字，亦是「厷」訛寫作「尤」之明證。戰國楚文字「厷」或從「厷」之字常見，分別作：

《上博簡（二）・民》簡9	《清華簡（十）・四告》簡32	《清華簡（五）・菬門》簡20	《清華簡（九）・治政》簡34

〔註683〕〔宋〕徐鍇撰：《說文繫傳》第1冊（臺北：華文書局，1976年，清道光十九年祁刻本影印），頁512。

〔註684〕〔漢〕班固撰，〔清〕王先謙補注，上海師範大學古籍整理研究所整理：《漢書補注》（上海：上海古籍出版社，2008年），頁4236～4237。

〔註685〕〔宋〕范曄撰，〔唐〕李賢等注：《後漢書》第8冊（北京：中華書局，1973年），頁2147。

〔註686〕可詳閱武漢大學簡帛研究中心、荊門市博物館編著：《楚地出土戰國簡冊合集（一）：郭店楚墓竹簡》（北京：文物出版社，2011年），頁129。

〔註687〕陳偉：〈郭店簡〈六德〉校讀〉，載中國古文字研究會、中山大學古文字研究所編：《古文字研究》第24輯（北京：中華書局，2002年），頁395；趙平安：〈關於及的形義來源〉，收入氏著：《文字・文獻・古史：趙平安自選集》（上海：中西書局，2017年），頁39～40。

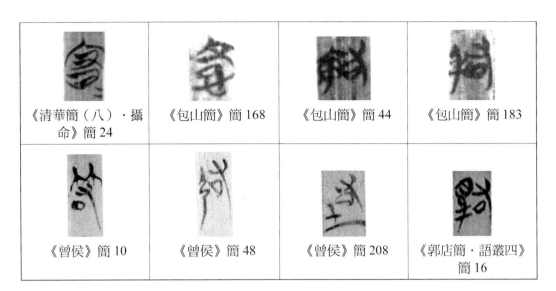

《清華簡（八）·攝命》簡 24	《包山簡》簡 168	《包山簡》簡 44	《包山簡》簡 183
《曾侯》簡 10	《曾侯》簡 48	《曾侯》簡 208	《郭店簡·語叢四》簡 16

上舉數字所從「厷」旁的構形基本都是左半作「○」形（或添加飾筆在「○」旁內部而作「日」旁），右半作「又」形，寫法穩定，唯新出《清華簡（十一）·五紀》「厷」字之寫法頗為特別，分別作：「 」（簡 82）、「 」（簡 82）及「 」（簡 94）。由於《清華簡（十一）·五紀》簡 93-94 簡文「骸、足、股、～」，《清華簡》整理者釋三字作「厷」，讀作「肱」，〔註688〕故《清華簡（十一）》「厷」字皆釋作「厷」並無疑問，是「厷」字的新寫法。不難發現其「又」旁多出「乀」形，與楚文字「尤」同形，且「 」與殷商文字「厷」之寫法完全一樣，如「 」（《合集》13680）、「 」（《合集》21565）、「 」（亞厷方鼎／《集成》1409）、「 」（亞厷父乙卣／《集成》5055），只是到了西周時期的「厷」字所從「乀」形開始脫落且訛變作「○」形，〔註689〕如「 」（厷伯鼎／《集成》2488）、「 」（番生簋蓋／《集成》4326），可見戰國楚文字「厷」繼承西周金文之寫法。唯《清華簡（十一）·五紀》「厷」字仍見「○」形，與「文字存古」現象似無關。也與聲音無關。「厷」字之上古音屬見紐蒸部一等合口字，「尤」字則屬匣紐之部三等開口字，聲紐同屬牙喉音，之蒸二韻屬嚴格的

〔註688〕黃德寬主編，清華大學出土文獻研究與保護中心編：《清華大學藏戰國竹簡（拾壹）》下冊（上海：中西書局，2021 年），頁 122。

〔註689〕謹案：謝明文指出古文字「厷」所從「○」旁有可能是「變形聲化」的結果。引自謝明文：〈「或」字補說〉，收入氏著：《商周文字論集》（上海：上海古籍出版社，2017 年），頁 100～101。

對轉關係，唯開合口有別，二字不能相通，故《清華簡（十一）・五紀》「厷」字所從「」旁之「」形似是飾筆。在「又」旁增添「」形已有例子，如「喬」字（「」《包山簡》簡 49，也可以變作「」《包山簡》簡 141）、「爭」字（「」《清華簡（四）・筮法》簡 34，也可以變作「」《清華簡（九）・成人》簡 15）。

最後談談「厷」之釋讀問題，筆者或認為讀作「宏」、「雄」皆可。學者對於「厷」之釋讀大致如下：

（一）《上博簡》整理者以為「厷」讀作「宏」，無說。高師佑仁從之。〔註 690〕

（二）陳斯鵬則以為「厷」讀作「雄」，指「雄強」、「稱雄」義。〔註 691〕

現在有了《安大簡（二）・曹沫》的版本，學者又提出了新的說法，如王勇以為「△₂」當是「△₁」字之訛誤，並把「厷」字當讀作「拱」、「鞏」。不過王說的可能性很低。雖然「共」字聲系與「厷」字聲系多有通假，〔註 692〕可是《上博簡（四）・曹沫》就有「共」字（「」簡 8 上），故王說不可信。筆者認為把「厷」讀作「宏」、「雄」都有「強大」的意思，放回簡文釋讀並沒有太大差異，故讀作「宏」、「雄」皆可，簡文即意謂「國家就會宏大」、「國家就會雄強」。

綜上所述，「△₂」字當是「△₁」字之訛誤，其一是簡文「三者盡用不皆」中的「皆」應讀作「稽」，訓作「礙」，當是正面的論述。既然上一句是正面，下一句「邦家以～」亦應該是正面。加上，「△₁」字所從「厷」與「△₂」字所從「尤」在字形上非常接近，故有可能是《安大簡（二）・曹沫》書手誤把「厷」誤抄作「尤」。而且「△₁₋₂」二字讀作「宏」、「雄」皆可。

四、〔輯〕

《上博簡（四）・曹沫》簡 16：「卡=（上下）和虘（且）聑（輯）」

《安大簡（二）・曹沫》簡 42：「卡=（上下）和虘（且）〈聑（輯）〉」

〔註 690〕高師佑仁：《《上海博物館藏戰國楚竹書（四）・曹沫之陣》研究》下冊（臺北：花木蘭文化出版社，2008 年），頁 308。

〔註 691〕陳斯鵬：《簡帛文獻與文學考論》（廣州：中山大學出版社，2007 年），頁 105。

〔註 692〕可參高亨纂著，董治安整理：《古字通假會典》（濟南：齊魯書社，1989 年），頁 7；白於藍編著：《簡帛古書通假字大系》（福州：福建人民出版社，2017 年），頁 1002。

謹案：可參第三節之第十四條考釋，頁81～87。

五、〔國〕

《上博簡（四）・曹沫》簡16：「緯（解）紀於大＝🔲＝（大〈國〉）」

《安大簡（二）・曹沫》簡42：「解紀於大＝🔲＝（大國）」

　　youren（高師佑仁）：惟上博簡相應的「國」字從宀、或聲，而其「或」字省略了表示區域義的「〇」，因此有學者認為該字為「定」之訛，省略「〇」的「或」（或「國」）極為罕見，因此上博簡此字是不是「國」，當時也只能存疑。現在有了安大本，可以確定就是「大國」無誤。〔註693〕

　　謹案：《上博簡》作「🔲」（下文將以「△₁」表示），《安大簡》作「🔲」（下文將以「△₂」表示）。「△₁」字當是「國」之誤字。以往有學者以為「△₁」字不是「國」，因「△₁」字並沒有「〇」形，並以為是「定」之訛字。〔註694〕後來高師佑仁以為楚系文字「國」有「🔲」、「🔲」形就有疆域的意涵，加上高說指出「△₁」字上半添加「人」（即「宀」旁）旁是戰國楚系「國」字的特徵之一，不過其高說亦指出楚文字「國」、「或」均未見省略「〇」形。〔註695〕現在「△₁」字對應「△₂」字，可以知道「△₁」字就是「國」，不過是「國」之誤字。甲骨金文「或」作「🔲」（《合集》21522）、「🔲」（戈簇卣／《集成》5101）、「🔲」（或鼎／《集成》2249）、「🔲」（保卣／《集成》5415）、「🔲」（裘衛盉／《集成》9456）、「🔲」（禹鼎／《集成》2833），又或是添加長方外框形、「邑」旁作「🔲」（彔尊／《集成》5419）、「🔲」（師袁簋《集成》4313），吳大澂謂「古國字。從戈守口，象城有外垣。」〔註696〕季旭昇則謂「從口，表示區域；從必，作用不明。周金文『口』之外以四（或二）短畫

〔註693〕youren（高師佑仁）：〈安大簡《曹沫之陳》初讀〉，武漢網，跟帖第54樓，2022年8月30日（2023年4月13日上網）。

〔註694〕郜尚白：〈上博竹書〈曹沫之陳〉注釋〉，《中國文學研究》第21期（2006年），頁19。

〔註695〕高師佑仁：《《上海博物館藏戰國楚竹書（四）・曹沫之陣》研究》下冊（臺北：花木蘭文化出版社，2008年），頁316～317。

〔註696〕〔清〕吳大澂、丁佛言、強運開輯：《說文古籀補三種》（北京：中華書局，2011年），頁58。

標示區域之外緣。」〔註697〕即是說「或」是「域」、「國」之初文，此看法是目前被學界所普遍接受的。戰國楚文字「國」基本繼承西周金文的寫法，並在「或」旁添加「宀」、「乚」、「匕」，或是省略「○」形下的短橫筆，以專表示國家之｛國｝，是「國」之專字，原篆如下：

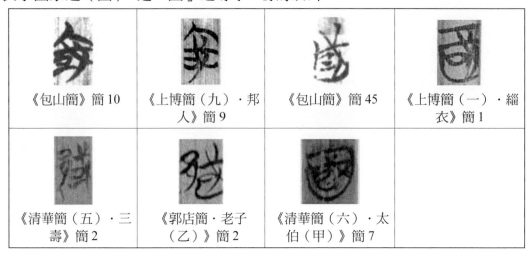

《包山簡》簡 10	《上博簡（九）·邦人》簡 9	《包山簡》簡 45	《上博簡（一）·緇衣》簡 1
《清華簡（五）·三壽》簡 2	《郭店簡·老子（乙）》簡 2	《清華簡（六）·太伯（甲）》簡 7	

又

或是比對他系文字「國」的寫法：

秦：《陶錄》6.328.2

晉：《璽彙》3078　　　　　　　《珍吳》104

齊：《陶錄》2.25.2　　　　　　　《陶錄》2.26.1

　　國子鼎《集成》1348

燕：燕王職壺《新收》1483　　　　　《陶錄》4.4.1

古文字「國」基本上從未見省略「○」形，「△₁」字卻省略了「○」形，當是「國」之訛字。

六、〔欺〕、〔之心〕

《上博簡（四）·曹沫》簡 16＋59：「天下亓（欺）〔一〕志〈志＝（之心）〉〔二〕者募

〔註697〕季旭昇：《說文新證》（臺北：藝文印書館，2014 年），頁 864。

（寡）矣。」

《安大簡（二）・曹沫》簡42：「天下迄（欺）﹝一﹞之心﹝二﹞者【侯】募（寡）怠（矣）。」

《安大簡》整理者：「天下迄之心者侯募怠」，《上博四・曹沫》簡十六、五九作「天下亓志者募矣」。「迄」，《說文》古文「起」。「募」，「寡」之古文。疑「迄」「亓」二字皆讀為「欺」。上博簡「志」疑是作為「之心」二字來用的，其下漏抄「＝」號。本簡「者」後衍一「侯」字；「怠」當從上博簡讀為「矣」。如此，本簡此句文字似應該釋寫作「天下迄（欺）之心者【侯】募（寡）怠（矣）」。「欺」，欺凌。《韓非子・解老》：「人君無道，則內暴虐其民，而外侵欺其鄰國。內暴虐則民產絕，外侵欺則兵數起。」「侵欺」大概為同義複詞，古代「侵」也有欺凌的意思（見《莊子・漁父》成玄英疏）。簡文此句是說：天下有欺凌小國之心的國家很少，這是因為小國敬事大國，得到大國庇護的結果。或說本簡「之心」，當從上博簡作「志」，「迄之心」，即起志（劉剛）。〔註698〕

文獻足徵：「大國親之，天下起之心諸侯寡矣」一句十分奇怪，似仍應從上博簡讀，「侯」應為衍文，「起之心者」的「之」在語法上不通，「之心」應還是上博簡「志」的析書。《玉篇》：「起，興也。」「天下起志者寡矣」就是「天下起（進攻）念頭的國家就少了」。與本段曹沫回答如何防禦相吻合。古書中也有「志意興起」的說法。《孟子・盡心下》：「百世之下，聞者莫不興起也。」趙歧注：「志意興起也。」〔註699〕

【一】「欺」

謹案：先談《上博簡》「亓」字、《安大簡》「迄」字之釋讀問題。《上博簡》作「」（下文將以「△₁」表示），《安大簡》作「」（下文將以「△₂」表示）。「△₁₋₂」二字當從《安大簡》整理者之說，二字皆讀作「欺」。在未公布《安大簡》的時候，《上博簡》整理者以為「△₁」字當讀如字，後來經學者重新排序《上博簡（四）・曹沫》之編聯，可是仍然把「△₁」字讀如字。現在

〔註698〕安徽大學漢字發展與應用研究中心編，黃德寬、徐在國主編：《安徽大學藏戰國竹簡（二）》（上海：中西書局，2022年），頁75。

〔註699〕文獻足徵：〈安大簡《曹沫之陳》初讀〉，武漢網，跟帖第70樓，2022年8月25日（2023年7月25日上網）。

有了《安大簡》的版本，我們可以知道《上博簡（四）‧曹沫》之編聯當是簡16＋59。《安大簡》整理者提出「△$_{1-2}$」二字當讀作「欺」，不過網友文獻足徵則以為「△$_{1-2}$」二字當讀作「起」，訓「進攻」義。網友文獻足徵之說法實不可信。由於「起」字在古書中找不到「進攻」義，故可排除網友文獻足徵之說法。筆者認為當從《安大簡》整理者之說，二字讀「欺」，指欺凌。由於魯莊公問及「善守」的問題，曹沫提出其中一個方法是「解紀於大國，大國親之」，即結交大國，就會得到大國之庇護，這是對應「善守」的方法。而且傳世古書、出土文獻多見「其」字聲系與「己」字聲系通假之例，故「△$_{1-2}$」二字讀作「欺」並無疑問。

【二】「之心」

謹案：再來談《上博簡》「志」字、《安大簡》「之心」二字之問題，筆者認為《上博簡》「志」字當是漏抄合文符，即《上博簡》「志」字當是「志＝（之心）」。《上博簡》作「」，《安大簡》作「」。由於「志」之義項本指「心意」、「意念」義，並引伸作「志向」、「志願」義。把「志」之義項放回簡文釋讀，實有不順暢之處。故《上博簡》「志」字下當補合文符「＝」。

綜上所述，《上博簡》「元」字、《安大簡》「記」字皆讀作「欺」。另外，由於《上博簡》「志」字對應《安大簡》「之心」二字，筆者認為《上博簡》「志」字有可能漏抄合文符，應補合文符，即「志＝」。故簡文「天下欺之心者寡矣」即意謂「其他國家欺凌他國的想法就會減少」。

七、〔往〕

《上博簡（四）‧曹沫》簡60上：「一出言三軍慮（勸），一出言三軍皆連（往）」
《安大簡（二）‧曹沫》簡43：「一出言三軍慮（勸），一出言三軍皆達〈進（往）〉」

《安大簡》整理者：「達」，《上博四‧曹沫》簡六〇上作「進」。「達」「進」二字形近，疑「達」是「進」之訛誤。「進」是《說文》「往」之古文。《吳子‧勵士》：「夫發號布令而人樂聞，興師動眾而人樂戰。」此與「一出言」二句意近。或說「達」，從「辵」，「寺」聲，疑「待」字異體。「待」，防備，抵禦。《左傳‧宣公十二年》：「內官序當其夜，以待不虞。」《國語‧魯語下》：「說

侮不懦，執政不貳，帥大讐以憚小國，其誰云待之？」韋昭注：「以楚大讐為魯作難，其誰能待之？待，猶禦也。」〔註700〕

侯瑞華：安大簡《曹沫之陳》的「達」字，整理者或以為是「連」字的訛誤，或以為从辶、寺聲，是「待」字異體。「達」又見於安大簡《詩經》簡73「尚斳（慎）坦（旃）才（哉），夋（允）坴（來）毋達（止）」，這裏「達」用為「止」是可信的對讀用法。據此，安大簡《曹沫之陳》的句子可以釋讀作「一出言三軍皆勸，一出言三軍皆止」。「勸」和「止」是一對兒反義詞，「勸」是努力，「止」是停止。文獻中常見「勸」、「止」相對的搭配……回到簡文所說的「一出言三軍皆勸，一出言三軍皆止」，文義就很顯豁了，實際上就是「令則行，禁則止」（《管子·立政》）的意思，即下令行動三軍就奮勉努力，下令停止三軍就聽命停止。由此看來，安大簡的字句是比較順暢的「達（止）」很可能是文本的原貌。由於「達」、「連」字形相近，故上博簡的書手在抄寫中錯將「達」訛書為「連」。〔註701〕

謹案：《上博簡》作「」（下文將以「△₁」表示），《安大簡》作「」（下文將以「△₂」表示）。筆者認為「△₂」字乃「△₁」之誤字，即「土」旁錯訛作「又」旁。《安大簡》整理者提出兩個釋讀意見，第一說以為「△₂」字乃「△₁」之形近訛字，皆釋作「往」，而第二說則以為「△₂」字釋作「待」，訓作「防備」、「抵禦」。後來侯瑞華以為「△₁」字乃「△₂」之形近訛字，當釋作「止」。《安大簡》整理者的第二說法不可信。由於訓「防備」、「抵禦」義的「待」字多是及物動詞，必須有賓語，如《安大簡》整理者所列舉的《左傳·宣公十二年》、《國語·魯語下》，又《史記·廉頗藺相如列傳》：「趙亦盛設兵以待秦，秦不敢動。」〔註702〕可是「△₁₋₂」二字之後就沒有接賓語，其語法功能不同。再談侯說，侯氏以為「勸」、「止」二字在古書經常搭配在一起，故聯繫到簡文「一出言三軍皆勸，一出言三軍皆～」，所以視「△₁」字為「△₂」之訛字。其說不可從。侯氏列舉《安大簡（一）·詩·陟岵》簡73「允

〔註700〕安徽大學漢字發展與應用研究中心編，黃德寬、徐在國主編：《安徽大學藏戰國竹簡（二）》（上海：中西書局，2022年），頁75。

〔註701〕侯瑞華：〈《曹沫之陳》對讀三則〉，武漢網，（2022年9月5日）。取自http://www.bsm.org.cn/?chujian/8782.html，2023年3月24日讀取。

〔註702〕〔漢〕司馬遷撰，〔宋〕裴駰集解，〔唐〕司馬貞索隱，〔唐〕張守節正義：《史記（點校本二十四史修訂本）》（北京：中華書局，2014年），頁2961。

來毋逘（止）」為證來說明「寺」字聲系可通假作「止」。後來蘇師建洲指出楚簡表示{止}多作「止」、「㞷」二字，從未見以「逘（待）」[註703]字來表示{止}，故簡本《陟岵》的「逘」字不應從傳本毛詩讀作「止」，且指出「待」與「止」是義近關係。[註704]其說可從。由此可見，「△2」字讀「止」缺乏證據。既然「△1-2」二字在字形上十分接近，其中一字必定是訛字。《安大簡》整理者已言《吳子‧勵士》可以與簡文「一出言三軍皆勸，一出言三軍皆往」合觀，《吳子‧勵士》「樂戰」與簡文「往」字均有行動、劍及履及之意涵，故「△1-2」二字訓「前往」義。另外，簡文的「勸」字訓「努力」義，如《尉繚子‧戰威》：「賞祿不厚則民不勸」、[註705]《莊子‧徐无鬼》：「庶人有旦暮之業則勸」。[註706]

綜上所述，「△2」字是「△1」之形近訛字，《安大簡（二）‧曹沬》書手誤寫「土」旁作「又」旁，且「△1-2」二字應釋作「往」，指「前往」義。

八、〔譀／詑〕、〔武〕

《上博簡（四）‧曹沬》簡60上＋63下：「明餥（譀）[一]䰠（鬼）神，軫（振）武[二]」

《安大簡（二）‧曹沬》簡43：「明詑[一]於䰠（鬼）神，{軫（振）}或〈武〉[二]」

【一】「譀／詑」

《上博簡》整理者：餥，待考。[註707]

《安大簡》整理者：「詑」，《說文‧言部》：「沇州謂欺曰詑。」「詑」或作「訑」，見睡虎地秦簡《封診式》（簡二至四）和張家山漢簡《奏讞書》（簡一七五、一七八）等，正用作欺騙義。《上博四‧曹沬》簡六〇上（引者案：應是簡63下）「詑」作「餥」，從「食」，「亢」聲，當讀為「譀」，後世作「謊」，與「詑」義近。《六韜‧龍韜‧王翼》：「術士二人，主為譎詐，依託鬼神，以

〔註703〕「逘」字是「待」之異體字。

〔註704〕蘇師建洲：〈安大簡《詩經》字詞柬釋〉，載季旭昇編：《孔壁遺文二集》上冊（新北：花木蘭文化事業有限公司，2023年），頁40～43。

〔註705〕許富宏校注：《尉繚子校注》（北京：中華書局，2023年），頁92。

〔註706〕〔清〕郭慶藩撰，王孝魚點校：《莊子集釋》（北京：中華書局，1985年），頁834。

〔註707〕馬承源主編：《上海博物館藏戰國楚竹書（四）》（上海：上海古籍出版社，2004年），頁284。

惑眾心。」「以惑眾心」是指客方而言的。《李衛公問對》卷下:「靖曰:臣竊謂聖人制作,致齋於廟者,所以假威於神也。」簡文「訑」與《六韜》「譎詐」同義。「訑於鬼神」即《六韜》所說「依託鬼神」、《李衛公問對》所說「假威於神」。《史記‧田單列傳》記燕破齊,盡降齊城,唯莒、即墨未下。齊將守即墨,令城中食必祭祖於庭,飛鳥悉翔城中下食;又拜一卒為師,宣稱「神來下教我」,「神人為師者」。眾乃心安,終破燕軍。《史記‧秦始皇本紀》:「古之五帝三王,知教不同,法度不明,假威鬼神,以欺遠方,實不稱名,故不長久。」此「明訑於鬼神」之注腳。「明訑於鬼神」的目的,是為了提高士卒戰鬥的勇氣和信心。〔註708〕

張秀華:「饒」「訑」為依托、憑借、假借之義。「饒」當讀為「撫」。「饒」從「食」,「㡿」聲,「㡿」從「川」,「亡」聲。古「亡」聲與「無」聲常通……撫,依靠、憑借。《禮記‧曲禮》:「國君撫式,大夫下之。大夫撫式,士下之。」鄭玄注:「撫,猶據也。據式小俛,崇敬也,乘車必正立。」《文選‧張衡〈東京賦〉》:「天子乃撫玉輅。」薛綜注:「撫,猶據也。」……「訑」當讀為「恀」。「訑」從「言」,「它」聲,「恀」從「心」,「多」聲,多,古為端母歌部,它,古為透母歌部,二字韻部相同,聲紐皆為舌頭音,僅有送氣不送氣之別。恀,憑借、依賴。《爾雅‧釋言》:「恀,怙恃也。」《廣韻‧紙韻》「紙」小韻:「恀,怙也。」又「是」小韻:「《爾雅》曰:『恀,怙恃也。』一云恃事曰恀。」《荀子‧非十二子》:「儉然,恀然。」楊倞注:「恀然,恃尊長之貌。」〔註709〕

王勇:「荒」「饗」古音皆曉母陽韻,亦可通,即作「明饗於鬼神」,為祭祀所用……安大簡「訑」當讀「施」……。〔註710〕

謹案:《上博簡》作「」(下文將以「△₁」表示),《安大簡》作「」(下文將以「△₂」表示)。「△₁」字當讀作「謊」,而「△₂」字當訓作「欺謾」義,二字有可能是都有「欺騙」之意思。在以前,簡文「明～」只有季旭昇提

〔註708〕安徽大學漢字發展與應用研究中心編,黃德寬、徐在國主編:《安徽大學藏戰國竹簡(二)》(上海:中西書局,2022 年),頁 75。

〔註709〕張秀華:〈《曹沫之陳》「饒」「訑」釋義〉,《古籍整理研究學刊》第 2 期(2023 年),頁 103～104。

〔註710〕王勇:〈釋安大簡《曹沫之陳》「邦家以忧」、「明訑於鬼神」、「吾言氏不女」〉,武漢網,(2023 年 5 月 16 日)。取自 http://www.bsm.org.cn/?chujian/9018.html,2023 年 5 月 16 日讀取。

出說解，其言「明」讀作「盟」，「飦」讀作「盄」，「盟盄」是指祭祀之義。〔註 711〕又或是王寧把「$\triangle_1$」字讀作「饗」、「享」，其義待考。〔註 712〕現在我們可以知道以前之說法均有問題。後來出現《安大簡》的版本，學者又提出新說：

（一）《安大簡》整理者以為「$\triangle_1$」字讀作「謊」；「$\triangle_2$」字則與「譎詐」同義。

（二）張秀華以為「$\triangle_1$」字讀作「撫」，指「依靠」、「憑借」；「$\triangle_2$」字則讀作「恀」，指「憑借」、「依賴」。

（三）王勇以為「$\triangle_1$」字讀作「饗」；「$\triangle_2$」字則讀作「施」。二字之訓釋無說。

上述之意見中，以《安大簡》整理者之意見最為合理。先談張說之問題，「$\triangle_1$」字讀作「撫」不無可能，只是《上博簡（四）．曹沫》通篇採用「亡」（「」簡 6）、「亡攴」（「」簡 3）來表示｛無｝、｛撫｝，又或是《安大簡（二）．曹沫》通篇採用「亡」（「」簡 20）、「芒」（「」簡 2）來表示｛無｝、｛撫｝；「$\triangle_2$」字讀作「恀」也有問題。雖然傳世古書中有【蛇與移】之通假例子，〔註 713〕可是在出土文獻未見「它」字聲系通假作「多」字聲系。再談王說之問題，「$\triangle_1$」字與「饗」並無通假之例。既然「$\triangle_1$」字讀作「饗」是有問題，「$\triangle_1$」字又對應「$\triangle_2$」字，「$\triangle_{1\text{-}2}$」在訓釋上理應趨同，把「$\triangle_2$」字讀作「施」亦自然有問題。

上文已論及「$\triangle_{1\text{-}2}$」二字之訓釋，筆者認為《安大簡》整理者之說法基本可信。《安大簡》整理羅列了《史記．秦始皇本紀》、《六韜．龍韜．王翼》相關強而有力之書證以支持「$\triangle_{1\text{-}2}$」二字之訓釋。雖然「詑」字在字形及用法上較為罕見，「$\triangle_2$」字首見於楚文字，不過秦系文字系統卻出現大量其蹤迹，〔註 714〕

〔註 711〕季旭昇主編，袁師國華協編，陳思婷、張繼凌、高師佑仁、朱賜麟合撰：《《上海博物館藏戰國楚竹書（四）》讀本》（臺北：萬卷樓圖書股份有限公司，2007 年），頁 231。

〔註 712〕轉引自徐在國：《上博楚簡文字聲系（一～八）》（合肥：安徽大學出版社，2013 年），頁 1778。

〔註 713〕高亨纂著，董治安整理：《古字通假會典》（濟南：齊魯書社，1989 年），頁 678。

〔註 714〕謹案：秦文字「詑」在不同的秦簡一共出現了六次，分別在《雲夢》、《嶽麓》及《里耶》。引自陳正賢：《秦文獻用字的時代特徵》（臺中：國立中興大學碩士論文，

如秦系：「」（《嶽麓（參）》簡70）、「」（《雲夢·封診》簡2）、「」（《說文》小篆），在傳抄古文亦見「詑」字（「」海2.9），此處就會出現一個國別問題，李春桃曾統計出傳抄古文與戰國楚、齊兩系文字相合程度最高，〔註715〕即是說「△₂」字有可能具有齊系文字之特徵，唯現有之證據不足，我們仍然視「△₂」字為戰國楚文字較為妥當，待有更多新見出土材料再來談國別問題。值得注意的是，三晉璽印曾出現「訑」字，字作「」（《璽彙》3978）、「」（《璽彙》4041）。《戰國文字字形表》把二字歸入「詑」字條，視為「詑」之異體。〔註716〕在古書中，注疏家皆以為「詑」、「訑」為一字，如《方言·第十二》：「婩，慢也。」錢繹《箋疏》：「訑，與詑同。」〔註717〕又《廣雅·釋詁二》：「詑，欺也。」王念孫《疏證》：「訑，與詑同。」〔註718〕李守奎談及晉璽「訑」字時，言古文字「也」作為字符構字能力很低，僅見於晉璽「訑」字，且指出「它」、「也」二字並不是雙向混訛，《說文》篆文凡從「也」得聲的字皆是從「它」訛變而來，即偏旁「它」單向訛變作「也」。〔註719〕唯字用作人名，不知實際的用法。有見及此，「詑」、「訑」二字有可能不是異體關係，而且晉璽「訑」字與後世的「訑」字只是異時同形關係。回到字義上，田煒曾指出戰國秦簡「詑」字可表示「欺謾」義。〔註720〕在古書之注疏中，可以找到「詑」訓「欺」之故訓，如《楚辭·九章·惜往日》：「或訑謾而不疑」洪興祖《補注》：「訑、謾皆欺也。」〔註721〕又上引的《廣雅·釋詁二》。此二故訓當印證「△₂」

2022年），頁417～419。

〔註715〕李春桃：《傳抄古文綜合研究》（長春：吉林大學博士論文，2012年），頁312～312。

〔註716〕黃德寬主編，徐在國副編，徐在國、程燕、張振謙編著：《戰國文字字形表》（上海：上海古籍出版社，2017年），頁313。

〔註717〕〔清〕錢繹撰集，李發舜、黃建中點校：《方言箋疏》（北京：中華書局，2013年），頁402。

〔註718〕〔清〕王念孫撰，張靖偉、樊波成、馬濤等點校：《廣雅疏證》（上海：上海古籍出版社，2016年），頁363～364。

〔註719〕李守奎：《漢字闡釋十二講》（上海：上海古籍出版社，2023年），頁137～138、140、148。

〔註720〕田煒：〈論秦始皇「書同文字」政策的內涵及影響——兼論判斷出土秦文獻文本年代的重要標尺〉，《中央研究院歷史語言研究所集刊》第89本第3分（2018年），頁424。

〔註721〕〔宋〕洪興祖撰，黃靈庚點校：《楚辭補注》（上海：上海古籍出版社，2021年），頁234、236。

字當可訓作「欺騙」義。

【二】「武」

《上博簡》整理者：軔武，待考。〔註722〕

《安大簡》整理者：「或」，《上博四・曹沫》簡六三下作「軫武」。「軫」字原文所從「參」旁作「勿」字形，邴尚白釋作「軫」。古文字「參」旁往往寫作「勿」字形，邴氏把此字釋作「軫」可從。疑「軫」讀為「振」，振作。《史記・高祖本紀》「秦軍復振，守濮陽，環水」，裴駰集解引如淳曰：「振，起也。收敗卒自振迅而復起也。」「振武」是振興威武的意思，跟古書中當顯揚武力講的「振武」有別。「或」「武」二字形近。頗疑本簡「或」是「武」字之誤，其前漏抄一「軫」字。如此，此處文字似可釋作「〔軫（振）〕或〈武〉」。「明記於鬼神，振武」意謂：彰顯假言鬼神，是為了振興士卒威武。或說「神」漏抄重文符，「神或〈武〉」讀為「振武」。「陣」「陳」、「陳」「振」古通（詳參《古字通假會典》第八五至八六頁）。〔註723〕

謹案：《上博簡》作「」（下文將以「△₁」表示），《安大簡》作「」（下文將以「△₂」表示）。「△₂」字當是「△₁」之訛字。先談補字問題，當是《安大簡（二）・曹沫》書手漏抄一「軫」字，與脫「合文」符無關。縱觀整篇《安大簡（二）・曹沫》，可以知道《安大簡》版本經常出現脫文的情況，然後再補上所漏抄的文字，可參下表：

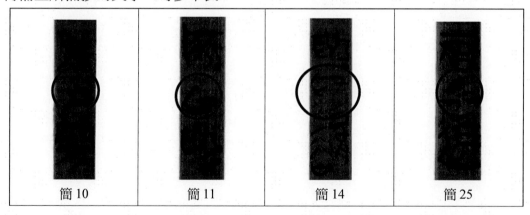

| 簡 10 | 簡 11 | 簡 14 | 簡 25 |

〔註722〕馬承源主編：《上海博物館藏戰國楚竹書（四）》（上海：上海古籍出版社，2004 年），頁 284。

〔註723〕安徽大學漢字發展與應用研究中心編，黃德寬、徐在國主編：《安徽大學藏戰國竹簡（二）》（上海：中西書局，2022 年），頁 74。

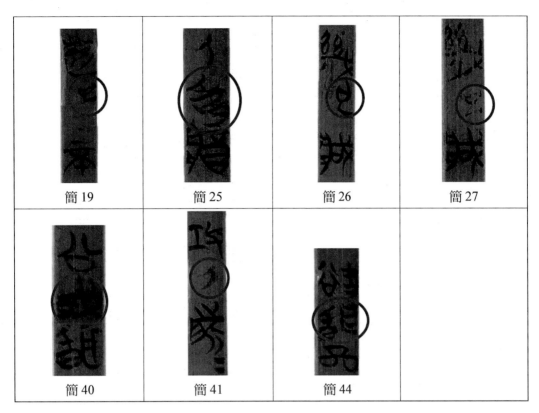

簡 19	簡 25	簡 26	簡 27
簡 40	簡 41	簡 44	

從上表可以知道《安大簡（二）‧曹沫》書手脫字情況較為普遍，發現有脫文就親手補脫。加上傳世古書、出土文獻並未見「申」字之聲系與「辰」字之聲系有通假的例證。最重要的是，《安大簡（二）‧曹沫》書手從未漏抄「合文」符，而且在「昔之明王之起於天下者」一句中，《安大簡（二）‧曹沫》書手漏抄「明王之」三字（參下圖）。以往《清華簡（六）‧湯丘》、《清華簡（六）‧湯啻》（兩篇共有 40 支竹簡，屬同一書手抄寫）最多漏抄 6 處脫文。〔註724〕可是《安大簡（二）‧曹沫》單篇卻出現 12 處脫文，即見其抄寫粗心大意的情況可見一斑。就這兩種情況來看，脫「軫」字之可能比較大，而脫「合文」符之可能則非常低，故當是《安大簡（二）‧曹沫》書手漏抄「軫」字。

〔註724〕賈連翔：《戰國竹書形制及相關問題研究——以清華大學藏戰國竹簡為中心》（上海：中西書局，2015 年），頁 177。

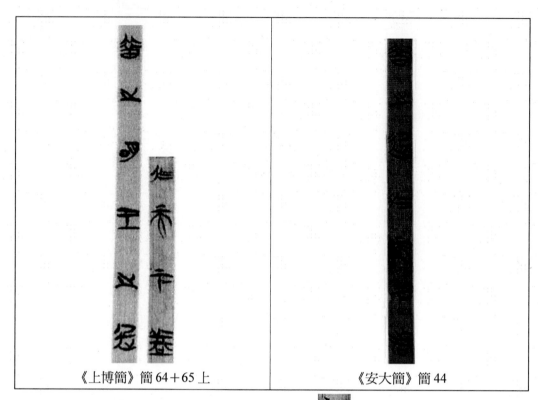

《上博簡》簡 64＋65 上　　　　　　《安大簡》簡 44

　　對於《上博簡（四）‧曹沫》簡 63 下的「■」（下文將以「△₃」表示）

字之構形分析，以往學者對「△₃」字的隸定及釋讀仍有疑義，學者之說法如下：

（一）陳劍從《上博簡》整理者之隸定，字讀作「勿」，而且「武」讀作
　　　「芒」，「勿芒」是聯綿詞，指「無形象，無方體」義。〔註725〕

（二）陳斯鵬隸定作「軫（？）」，表示對「△₃」字之隸定存有疑義，或讀
　　　作「展」，並指出戰國文字「勿」、「參」形體混同。〔註726〕

（三）邴尚白以為「△₃」字隸定作「軫」，訓作「盛」。〔註727〕

（四）季旭昇從《上博簡》整理者之隸定，並讀作「忽」。〔註728〕

（五）陳偉武從《上博簡》整理者之隸定，讀作「勿」，猶「弗」也。〔註729〕

〔註725〕陳劍：〈上博竹書《曹沫之陳》新編釋文〉，收入氏著：《戰國竹書論集》（上海：上
　　　　海古籍出版社，2013 年），頁 123。

〔註726〕陳斯鵬：《簡帛文獻與文學考論》（廣州：中山大學出版社，2007 年），頁 108。

〔註727〕邴尚白：〈上博楚竹書《曹沫之陳》注釋〉，《中國文學研究》第 21 期（2006 年），
　　　　頁 33。

〔註728〕季旭昇主編，袁師國華協編，陳思婷、張繼凌、高師佑仁、朱賜麟合撰：《《上海博
　　　　物館藏戰國楚竹書（四）》讀本》（臺北：萬卷樓圖書股份有限公司，2007 年），頁
　　　　231。

〔註729〕陳偉武：〈讀上博藏簡第四冊零札〉，載中國古文字研究會、華南師範大學文學院
　　　　編：《古文字研究》第 26 輯（北京：中華書局，2006 年），頁 278。

（六）范常喜以為「△₃」字應隸定作「軫」，讀作「㐱」，指「五行以及陰陽之氣相害中的一個術語」。〔註730〕

（七）高師佑仁把「△₃」字隸定作「軦」，又說釋作「軫」亦不無可能。〔註731〕

現在「△₃」字有兩種隸定意見，前者隸定作「軦」，後者則隸定作「軫」，而筆者認為「△₃」字當隸定作「軫」。「△₃」字之寫法也見於《清華簡（十一）‧五紀》，分別作「（圖）」（簡26）、「（圖）」（簡78）、「（圖）」（簡84），《清華簡》整理者已直接隸定作「軫」。其說可從。陳斯鵬首先提出戰國文字「勿」、「㐱」已發生混同，後來王瑜楨指出「㐱」旁與「勿」旁近似，〔註732〕唯陳氏、王氏均沒有說明「㐱」如何訛作「勿」，下文將證成二位學者之說法。西周金文「㐱」作「（圖）」（㐱尊／《集成》5942），林義光以為「象人有稠髮之形」，〔註733〕而季旭昇則依《說文》「㐱」字分析作从「人」，「彡」，象髮稠密貌。〔註734〕由於甲骨未見「㐱」字，難以坐實「㐱」字的本義。「㐱」字演變到西周晚期略有訛變，如「（圖）」（番生簋蓋／《集成》4326）右下所從「㐱」旁的第二橫筆已連接到「人」形，開始與「勿」字（「（圖）」六年琱生簋／《集成》4293）形近，只要把「（字）」上下倒寫就會作「（字）」，就會與「（字）」基本同形。而且「△₃」字當是從「（圖）」字所演變而來，亦是後來《說文‧車部》「軫」字。從整個「軫」字演變脈絡來看，「△₃」右半所從「㐱」旁當無疑問。

再談「△₃」字之釋讀問題，筆者認為《安大簡》整理者把「△₃」字讀作「振」可信。上文已經釐清「△₃」字右半當是「㐱」旁，即可以排除讀作「勿」、「忽」之說法。邴尚白以為「軫」訓作「盛」不可信。古書沒有「盛武」一詞，

〔註730〕范常喜：〈《上博六‧競公瘧》簡9「勿」字補議〉，武漢網，（2007年7月29日）。取自http://www.bsm.org.cn/?chujian/4888.html，2023年4月8日讀取。

〔註731〕高師佑仁：《《上海博物館藏戰國楚竹書（四）‧曹沫之陣》研究》下冊（臺北：花木蘭文化出版社，2008年），頁370。

〔註732〕王瑜楨：《上海博物館藏戰國楚竹書（一）～（六）字根研究》（新北：淡江大學碩士論文，2011年），頁745。

〔註733〕林義光原著，林志強標點：《文源：標點本》（上海：上海古籍出版社，2017年），頁71。

〔註734〕季旭昇：《說文新證》（臺北：藝文印書館，2014年），頁704～705。

加上「△₃」字當是用作動詞，而邴氏引《淮南子・兵略》「士卒殷軫」來證明「軫」有「壯盛」義。可是高誘《注》把「軫」訓釋作「乘輪多盛貌」，〔註735〕似與「壯盛」之{盛}無關。再來談陳斯鵬的說法也不可信。雖然「参」字之聲系與「襄」字之聲系有通假之例，〔註736〕傳世古書也有「展武」之用法，〔註737〕可是該段談的是如何提升三軍士氣，與展示武力似沒有關係。范說也不可信。由於傳世古書未見「沴武」一詞，加上其說過於複雜，在理解上頗為費解。最後，把「△₃」字讀作「振」，可信。傳世古書多見「参」字之聲系與「辰」字之聲系通假，如【軫與脤】、【振與袗】、【裖與袗】等，〔註738〕其實清人王念孫早已注意到「軫」、「振」二字聲近義同，〔註739〕王氏之見可謂遠見卓識。傳世古書亦有「振武」之用法，如《國語・晉語六》：「而後振武於外，是以內和而外威。」〔註740〕又《漢書・王莽傳中》：「振武奮衛，明威于前。」〔註744〕由此可證「△₃」字讀作「振」應無疑義，放回簡文釋讀也頗為順暢。

回到「△₁₋₂」二字的問題，上文已言「△₂」字當是「△₁」之誤字。楚文字「武」、「或」皆從「戈」旁，二字之差異僅在於前者從「止」旁，後者從「○」旁，確實是有可能發生訛誤，只是「武」、「或」二字訛誤首見，沒有實質例子可引。不過從簡文內容來判斷，把「△₂」字放在簡文釋讀，在文意上難以理解。而且簡文「明詫於鬼神，振武，非所以教民」與《孫子・用間》：「故明君賢將，所以動而勝人，成功出訴眾者，先知也。先知者，不可取訴鬼神，不可象於事，不可驗於度」可以合觀，〔註742〕二者都是說明不可訴諸訴

〔註735〕何寧撰：《淮南子集釋》（北京：中華書局，1998年），頁1057。

〔註736〕如【跈與躔】。引自高亨纂著，董治安整理：《古字通假會典》（濟南：齊魯書社，1989年），頁93。

〔註737〕如《後漢書・杜篤傳》：「信威於征伐，展武乎荒裔。」引自〔宋〕范曄撰，〔唐〕李賢等注：《後漢書》第9冊（北京：中華書局，1973年），頁2607。

〔註738〕高亨纂著，董治安整理：《古字通假會典》（濟南：齊魯書社，1989年），頁94、141。

〔註739〕〔清〕王念孫撰，張靖偉、樊波成、馬濤等點校：《廣雅疏證》（上海：上海古籍出版社，2016年），頁770。

〔註740〕徐元誥撰，王樹民、沈長雲點校：《國語集解（修訂本）》（北京：中華書局，2019年），頁392。

〔註744〕〔漢〕班固撰，〔清〕王先謙補注，上海師範大學古籍整理研究所整理：《漢書補注》（上海：上海古籍出版社，2008年），頁6123。

〔註742〕〔春秋〕孫武撰，〔三國〕曹操等注，楊丙安校理：《十一家注孫子校理》（北京：中華書局，2012年），頁290～291。

鬼神的力量。最後，上文已言傳世古書有「振武」一詞，把「△1-2」二字釋作「武」文從字順。基於上述的理由來判斷，「△2」字當是「△1」之訛字。

第八節 「論三代之所」章

一、〔欲〕

《上博簡（四）·曹沫》簡64：「虞（吾）一谷（欲）䛅（聞）三弋（代）之所」

《安大簡（二）·曹沫》簡44：「虞（吾）一欲䛅（聞）厽（三）弋（代）斎=（之所）」

謹案：可參第四節之第九條考釋，頁100。

二、〔及〕

《上博簡（四）·曹沫》簡65：「吕（以）及亓（其）身」

《安大簡（二）·曹沫》簡44：「吕（以）叟〈及〉亓（其）身」

《安大簡》整理者：「吕叟亓身」，讀為「以沒其身」，即「沒身」，為先秦之常語。本篇簡七有「叟（沒）身還（就）殜（世）」。《上博四·曹沫》簡六五上「叟」作「及」，「及」字應是訛誤（黃德寬）。或疑本簡「叟」是「及」之訛誤（李家浩）。〔註743〕

李松儒：安大簡「以叟（沒）亓（其）身，上博簡作「及」，「叟」、「及」二者字形較近，有混訛的可能。在以往公布的楚簡中，也有兩字相混之例，如上博七《鄭子家喪》甲本簡2「以叟（沒）入地」的「叟」，乙本簡2對應字則作「及」，復旦讀書會認為：「叟」、「及」二字字形相近，必有一訛字，且以甲本作「叟（沒）」為是。從文義看，《曹沫之陳》也應以「叟（沒）」字為佳。〔註744〕

程邦雄、錢晨：![字形]、![字形]、![字形]、![字形]、![字形]、![字形]等形體都是從甲骨文![字形]（免——分娩）等演化來的……如果下面「又（手）」的中間一畫不與「𠂤」相連，

〔註743〕安徽大學漢字發展與應用研究中心編，黃德寬、徐在國主編：《安徽大學藏戰國竹簡（二）》（上海：中西書局，2022年），頁76。

〔註744〕李松儒：〈安徽大學藏戰國竹簡對讀三則〉，《出土文獻》第12輯（2022年），頁186。

而是「又（手）」的上側畫的上端與「◗」相連，就是 、 下部的 、 等形體，中間的與「◗」形既與上部的「人」形粘連，又與下部的「又（手）」的上側畫的上端相粘連，就成了 、 等形體……這就是楚簡裏 、、、、、 等系「免」字的來源……「」、「 其身」的語義與傳世文獻裏的「免」及「免其身」等的語義也完全一樣。因此，這個 也應該釋讀為「免」字。安大簡的「臣聞之：昔之起于天下者，各以其世，以免其身」的意思是「臣（我）聽說：古代（三代）興起於天下的明君，（都能／是）各自憑依我們所在的那個特定的時代（條件），得以（而）免除他們自身面臨的（各種）危局，（成就他們的事業）」。〔註745〕

高師佑仁：筆者認為安大簡這段話的釋文應該作：「昔之〔明王之〕记（起）於天下者，各呂（以）亓（其）殜（世），呂（以）曼〈及〉亓（其）身」。……簡文「各以其世，以及其身」，是指明王（例如堯、舜、禹、湯）的興起有各自的時空背景，以及君王自身努力……楚簡中「曼」和「及」有訛混情形（引者案：即《上博簡（七）鄭子家喪（甲）、（乙）》簡2「」、「」）……如果依據安大簡而把內容釋為「各以其世，以曼（沒／歿）其身」，則指帝王最後都將歿身。「歿身」在古籍中有兩種意思：一是指殺生，相對於壽終正寢而言；二是終身，即死亡。不管哪個用法，放到文例均顯扞格不通，故筆者主張上博簡的「及」應該才是正確版本，「曼」則是誤字。〔註746〕

謹案：《上博簡》作「」（下文將以「△₁」表示），《安大簡》作「」（下文將以「△₂」表示）。高說可從，「△₂」字確實有可能是「△₁」字之誤字。雖然「沒身」是先秦習語，多見於傳世古書、出土文獻，不過把「△₁」字放回簡文「各以其世，以～其身」釋讀，確實難以疏通簡文，高說已有說解，可參。後來程邦雄、錢晨以為「△₂」字應隸釋作「免」。程邦雄、錢晨之說法當有問題。首先，他們在解說簡文時有很多增字解經之地方，例如「危

<hr>

〔註745〕程邦雄、錢晨：〈安大簡《曹沫之陳》裏的「」〉，《古漢語研究》第3期（2023年），頁4～5。

〔註746〕高師佑仁：〈安大簡《曹沫之陣》補釋〉，（待刊於《興大人文學報》）。

局」在簡文中就找不到相對應的字句。最重要的是「△」、「△」、「△」、「△」、「△」、「△」諸字皆改釋作「免」是極有問題的。戰國楚文字已見確實無疑的「免」字，字有兩種寫法：「△」（《上博簡（一）・緇衣》簡 13）及「△」（《清華簡（六）・孫子》簡 17），關於「免」字之來源或是與「字」字同源已多有論著，可參。〔註747〕重點在於「免」字聲系的字其實有兩種來源：第一種來源是「娩」之初文，字作「△△」（《合集》14002 正），象女性分娩之形，後來演變作「△」（《曾侯》簡 28）、「△」（《望山簡》簡 1.37）、「△」（《郭店簡・六德》簡 28）及「△」，不難發現戰國文字與甲骨文在字形已有一定的差異，除了「△」仍保留了甲骨「△」所從的「口」形且粘連在「宀」旁之上方；第二種來源是「△」（《合集》33069），字本從「卩」，「△」（「冕」之初文）聲，後來從「卩」旁替換作「人」旁，字作「△」（免簋／《集成》4240），「△」字即從第二種來源繼承而來。現在我們可以清晰分辨「△₂、△、△、△、△、△、△」與「△」、「△」之差別，首先是二字之下半所從當有不同，前者從「又」旁，後者從「人」、「子」二旁；其次是前者上半當從「回」旁，〔註748〕後者上半則從「冂」、「宀」旁，由此可見二字之差異頗大，難以把「△₂、△、△、△、△、△、△」一系列字隸釋作「免」字。

既然楚簡已見「及」、「叟」二字有訛誤之情況，「△₁₋₂」二字必有一字是誤字。從語法角度來看，《論語・顏淵》：「忘其身，以及其親」、〔註749〕《管子・

〔註747〕可參趙平安：〈從楚簡「娩」的釋讀談到甲骨文的「娩」——附釋古文字中的「冥」〉，收入氏著：《新出簡帛與古文字古文獻研究》（北京：商務印書館，2009 年），頁 47 ～55；季旭昇：〈從《新蔡葛陵》簡談戰國楚簡「娩」字——兼談《周易》「女子貞不字」〉，載王建生、朱歧祥主編：《2004 年文字學學術研討會論文集》（臺北：里仁書局，2005 年），頁 71～85。

〔註748〕可參高師佑仁：《《上海博物館藏戰國楚竹書（四）・曹沫之陣》研究》下冊（臺北：花木蘭文化出版社，2008 年），頁 446～460。

〔註749〕〔魏〕何晏注，〔宋〕邢昺疏：《論語注疏》（北京：北京大學出版社，2000 年，嘉慶 21 年南昌學堂重刊宋本），卷 12，頁 189。

大匡》：「夫國人憎惡糾之母，以及糾之身」〔註750〕來比擬簡文「各以其世，以～其身」，可以知道《論語‧顏淵》、《管子‧大匡》這兩則文例與簡文在語法結構上完全相同，故可推測「△₂」字當是「△₁」字之訛誤。

三、〔恭〕

《上博簡（四）‧曹沫》簡8上：「必共（恭）會（儉）吕（以）旻（得）之」

《安大簡（二）‧曹沫》簡45：「必龏（恭）會（儉）吕（以）旻（得）之」

　　《安大簡》整理者：「龏會」，《上博四‧曹沫》簡八上作「共會」，整理者讀為「恭儉」。〔註751〕

　　　　謹案：《上博簡》作「」，《安大簡》作「」。「龏」、「共」二字皆讀作「恭」。由於《上博簡》整理者以為「共」讀作「恭」，學者皆從之。後來《安大簡》「共」作「龏」，《安大簡》整理者從《上博簡》整理者之說，亦把「龏」讀作「恭」。「共」、「龏」二字在傳世古書、出土文獻多有通假作「恭」之例證，在傳世古書有【共與恭】、【恭與龏】等例，〔註752〕在出土文獻則有【共與恭】、【龏與恭】等例。〔註753〕

四、〔驕〕

《上博簡（四）‧曹沫》簡8上：「而鴌（驕）大（泰）吕（以）達（失）之」

《安大簡（二）‧曹沫》簡45：「而鴌〈喬（驕）〉大（泰）吕（以）達（失）之」

　　《安大簡》整理者：「鴌大」，《上博四‧曹沫》簡八上整理者讀為「驕泰」。〔註754〕

　　　　謹案：《上博簡》作「」（下文將以「△₁」表示），《安大簡》作「」

〔註750〕黎翔鳳撰，梁運華整理：《管子校注》（北京：中華書局，2004年），頁332。

〔註751〕安徽大學漢字發展與應用研究中心編，黃德寬、徐在國主編：《安徽大學藏戰國竹簡（二）》（上海：中西書局，2022年），頁76。

〔註752〕高亨纂著，董治安整理：《古字通假會典》（濟南：齊魯書社，1989年），頁3、7。

〔註753〕白於藍編著：《簡帛古書通假字大系》（福州：福建人民出版社，2017年），頁986、1000。

〔註754〕安徽大學漢字發展與應用研究中心編，黃德寬、徐在國主編：《安徽大學藏戰國竹簡（二）》（上海：中西書局，2022年），頁76。

（下文將以「△₂」表示）。《安大簡》整理者對「△₂」字之隸定有誤，應隸定作「奆」，是「喬（喬）」之訛形。《安大簡》整理者把「△₂」字直接逕釋作「喬」，讀作「驕」，無說。釋作「驕」並無疑義，只是隸定不可信。「△₂」字上半應從「尤」，其寫法與《安大簡（二）·曹沫》的「忧」（／簡41）所從「尤」旁之寫法一致，故「△₂」字當是誤字，這種寫法已見於「」（《安大簡（一）·詩·駉驪》簡44），不過《安大簡（一）》整理者仍直接隸定作「喬」，〔註755〕後來李松儒、單育辰已指出「」字之上半從「尤」，是「九」旁之變體，〔註756〕可信。「喬」字之字形頗多並羅列如下：

A	 《包山簡》簡49	 《清華簡（一）·皇門》簡9
B	 《包山簡》簡141	 楚王熊悍鼎／《集成》2794
C	 《安大簡（一）·詩·駉驪》簡44	 《安大簡（二）·曹沫》簡45
D	 《包山簡》簡117	

A 類寫法是常見之楚文字「喬」（從「高」，「九」聲）的寫法。B 類寫法所從

〔註755〕安徽大學漢字發展與應用研究中心編，黃德寬、徐在國主編：《安徽大學藏戰國竹簡（一）》（上海：中西書局，2019 年），頁 101。

〔註756〕李松儒、單育辰：〈談安大簡《詩經》中的一些文字問題〉，載安徽大學漢字發展與應用研究中心編，徐在國主編：《戰國文字研究》第 2 輯（合肥：安徽大學出版社，2020 年），頁 20。

「九」旁在彎曲處添加飾筆，不過 C 類寫法與 A、B 類寫法不同，C 類寫法並沒有折筆，並且加上飾筆，並與「尤」字同形，後來又簡省飾筆並與「又」同形，即是 D 類寫法。筆者構擬「喬」所从「九」旁演變如下：

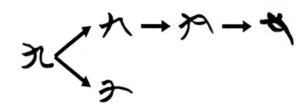

故「△₂」字上半當是「九」旁之變體，若要嚴式隸定，字當隸定「鳶」，可視為「喬」之誤字。

五、〔湯〕、〔桀〕

《上博簡（四）·曹沫》簡 8 上＋65 下：「君亓（其）亦隹（唯）餌（聞）夫螶（禹）、康（湯）〔一〕、傑（桀）〔二〕、受（紂）矣」

《安大簡（二）·曹沫》簡 45-46：「君亓（其）亦唯餌（聞）夫螶（禹）、湯〔一〕、㦰（桀）〔二〕、受（紂）矣」

【一】「湯」

謹案：《上博簡》作「　」，《安大簡》作「　」。《上博簡》整理者把「康」字讀作「湯」，〔註 757〕可信。隨著出土春秋戰國出土材料漸多，我們可以發現「康」、「湯」二字本可以互相通假，如今本《禮記·緇衣》及《郭店簡·緇衣》簡 5：「惟尹允及湯」，《上博簡（一）·緇衣》簡 3 作「康」。又《清華簡（一）·保訓》簡 9：「至于成康（湯）」。又《清華簡（三）·良臣》簡 2：「康（湯）有伊尹」。又《清華簡（六）·鄭太伯（乙）》簡 12：「康（湯）爲語而受亦爲語」。又《上博簡（九）·史蒥》簡 3：「則能貴於禹濂（湯）」。又楚叔之孫倗鼎（《銘圖》1843）：「楚叔之孫倗之盧（湯）鼎」。〔註 758〕

〔註 757〕馬承源主編：《上海博物館藏戰國楚竹書（四）》（上海：上海古籍出版社，2004 年），頁 285。

〔註 758〕張師光裕指出金文「盧」字當讀作「湯」，正確可從。可詳閱張師光裕：〈從古文字「康」字釋讀談《莊子》之養生〉，收入氏著：《澹煙疏雨：張光裕問學論稿》（上海：上海古籍出版社，2018 年），頁 179～181。

【二】「桀」

謹案：《上博簡》作「」，《安大簡》作「」。二字之差異僅在於前者从「人」旁，後者从「力」旁，「人」、「力」二旁本可以替換，可參本文「卒」字條，頁93～95。

第肆章　結　論

第一節　研究成果

本文針對《上博簡（四）》、《安大簡（二）》中的〈曹沫之陳〉之異文進行文字考釋，共計提出 77 則考釋意見，每條意見詳細說明該字的隸定、字之形音義及釋讀等相關問題。比較重要的考釋意見有：

（一）「莊公問政」章

1.《上博簡》簡 1「邦」、《安大簡》簡 1「封」二字屬音義皆近的同源詞。

2.《安大簡》簡 1「遽」當讀「魯」。

3.《上博簡》簡 2「鞜」、《安大簡》簡 2「𦋸」二字當讀作「篙」。

4.《上博簡》簡 2「欲」當是「歃」類化後之結果，並釋作「歃」。「欲」字左上所從「𣥎」形已類化作「仌」形。

5.《上博簡》簡 41「競」讀作「境」，《安大簡》簡 3「弜」讀作「疆」，二字是一組義近異文，皆指「邊境」義。

6.《安大簡》簡 6「麥」當是「𦎫」之錯字。「麥」下半已從「丰」形訛變作類「夊（夂）」形。

7.《安大簡》簡 7「𢆉」當是「又」之錯字。「𢆉」字多出一短豎筆，該短豎筆並非飾筆，也不是常見的楚文字之寫法，故視「𢆉」為誤字。

8.《安大簡》簡7「昆」當是「曼」之錯字，二字應讀「晚」。

9.《安大簡》簡8「戎」當隸定作「肙」，是「貳」之省聲字，讀作「貳」。字之上半本從「戎」旁，下半從「肉」旁。

（二）「論問陳、守邊城」章

1.《安大簡》簡10「克」當是「克」之形近訛字。字中間所從「匚」形當是「尸」形之簡省訛寫。

2.《安大簡》簡10「立」當是「交」之形近訛字。

3.《安大簡》簡11「任」、「任」當隸定作「任」，是「佢」之形近訛字。字中間從「～」筆已訛作橫筆，導致與「王」同形。

4.《安大簡》簡11「多」下半或有可能從「勹」形，是「鄒」之形近訛字。

5.《安大簡》簡11「否」上從「X」旁當是「旡」之變體，是「悉（愛）」的形近訛字。

6.《安大簡》簡11「戲」當是「獸」之形近訛字。

7.《上博簡》簡20「虜」下半左右的兩道撇筆是區別符。

（三）「論三教」章

1.《安大簡》簡13「龢」是「和」之錯字，意見當從高師佑仁。

2.《安大簡》簡14「出」，是「孟」之錯字，意見當從高師佑仁。

3.《安大簡》簡14「髢」本從「它」聲，並「髢」字讀作「施」，指「恩惠」、「好處」義。《上博簡（四）·曹沫》書手漏抄該字，故當補「髢」字。

4.《上博簡》簡22「屖」當讀作「悌」。「屖」（心紐脂部）、「悌」（定紐脂部）二字之聲紐同屬*L-系，故「屖」可讀「悌」。

5.《安大簡》簡15「連」當讀「孌」。

6.《安大簡》簡16「角」當是「囡」之錯字。由於「角」字對應《上博簡》簡37上「囡」。就文例來看，字當釋作「囡」，讀「攝」在文意上最為通順。故視「角」為「囡」之錯字。

7.《安大簡》簡16、32「双」、《上博簡》簡29、37上「㸰」當是「虞」之古文。「双」字上半簡省了兩個「人」形，而「㸰」字下半則類化作兩個「人」形。二字讀作「御」。

8.《安大簡》簡16「而」應是「毋」的錯字。

　　9.《安大簡》簡17「㠯」當是「胃」之錯字。「㠯」上半所從「△」形從來未見，不過該字對應《上博簡》簡26「胃」，故視「㠯」為「胃」之錯字。

　　10.《安大簡》簡18「遳（將）」對應《上博簡》簡58「衛（率）」，二字當是一組同義詞。

　　11.《安大簡》簡18「死」所從「又」旁從「人」旁替換而來。

　　12.《安大簡》簡19「虰」對應《上博簡》簡33「繂」，二字皆讀作「敦」。「繂」左半已類化作「塘」之表意初文的寫法。從上下文來判斷，字讀作「敦」最為順暢。

　　13.《安大簡》「邑」、《上博簡》簡33「覓」當是「耳」之形近訛字。《安大簡》「邑」凡三見，字之下半當從「色」，與典型楚文字「耳」有別，故視為「耳」之形近訛字。而《上博簡》簡33「覓」下半已訛變作「見」，故隸定作「覓」，視為「耳」之形近訛字。

　　（四）「論為親、為和、為義」章

　　1.《上博簡》簡33「曰」、《安大簡》簡19「𦜧」二字義近。

　　2.《上博簡》「㢟」、《安大簡》「𧼯」二字當從《安大簡》整理者之說法。

　　3.《上博簡》簡34「詷」字有可能是「訟」的錯字。

　　4.《上博簡》簡35「倀」、《安大簡》簡21「倘」二字當讀作「黨」，指「偏私」、「偏袒」義。

　　5.《上博簡》簡36「𦱳」當是「義」之訛字。字下半所從「𠯑」未見，應視為「義」之訛字。

　　6.《安大簡》簡23「遜」所從「𣧑」旁當是「死」之異體，唯字首見，疑是「夕」、「卜」換位而已。

　　7.《安大簡》簡23「𢌿」當是「畏」之訛字，並讀作「威」。字上半本從「囟／甶」形訛作「目」形。

　　8.《上博簡》簡53下「鷖」、《安大簡》簡38「鷖」二字當從范常喜的說法。

　　9.《安大簡》簡38「歆」當是「欲」之誤字

　　10.《上博簡》簡46下「𨎯」、《安大簡》簡23「誃」當讀作「察」，指「明察」義。二字右半所從多與「察」、「淺」、「竊」一系列字有關。

11.《安大簡》簡23「气」當是「气」之訛字。古文字「士」、「土」本有混訛之例，而且「气」字在《說文》未見，故「气」應視作「气」之訛字。

12.《安大簡》簡24、25「砡」當是「砥」之形近訛字。「砡」、「砡」二字右半當從「壬」旁。

13.《安大簡》簡25「事」表示｛使｝未必與國別有關。

（五）「用兵之幾」章

1.《上博簡》簡42、43「鑾」、「鑾」與《安大簡》簡27「漸」應讀作「捷」，指「克敵」義。

2.《上博簡》簡43「障」、《安大簡》簡27「塹」讀作「險」。「障」或有可能是減省聲符「欠」旁。而且楚文字已見「韱」與「僉」字聲系通假，故「障」、「塹」二字有可能作「險」。

3.《上博簡》簡44「堅」對應《安大簡》簡28「啓」，「堅」字下半當是從「口」旁訛作「土」旁。簡文「啓節」當指「軍隊先鋒的攻擊」。

4.《上博簡》簡45「中」、「訧（察）」與《安大簡》簡28「信」、「中」只是互易。「訧（察）」、「信」二字皆指「明察」義。

（六）「論敗戰、盤戰、甘戰、苦戰」章

1.《安大簡》簡30「表」或有可能是「哀」之誤字，並讀「依」。《上博簡》簡63上「琟」讀作「狎」。二字皆有｛近｝義。

2.《安大簡》簡30「危」、《上博簡》簡63上「症」當是「危」字異體。

3.《上博簡》簡47「告」、《安大簡》簡31「見」二字只是用字差異的不同。

4.《安大簡》簡31「愊」當是「禍」之錯字。《上博簡》簡23上「愆」與《安大簡》簡31「禍」二字均讀作「過」。

5.《安大簡》簡32「倅」左半當從「人」旁。

6.《安大簡》簡33「遾」當是「退」之訛字，字之下半已訛作類「力」形。《上博簡》簡23上「迻」當是「退」之訛字。

7.《安大簡》簡33「盤」當是「盤」之訛字，字之訓釋待考。

8.《上博簡》簡51上「戕」、《安大簡》簡34「斯」二字所從「戈」、「斤」二旁類組一類可替換，疑讀作「死」。

9.《安大簡》簡34「則」當是「剔」之形近訛字。

10.《安大簡》簡35「軶」所从「反」旁當是「攴」之訛形。

11.《安大簡》簡35「噻」當是「槩」之訛字。

12.《上博簡》簡32下「🅰」左上所从「〇」形可能是「丿」形之訛，字應是「毄」字之訛誤，讀作「擊」。《安大簡》簡35「𣃙」讀作「搏」。「搏」、「擊」二字是一組義近異文。

13.《上博簡》簡52「簹」是「籫」字之異體。「籫」從「筮」聲替換作「啻」聲。《安大簡》簡36「🅰」當是「籫」字之誤字。

14.《上博簡》簡52「髹」或可分析作从「髟」，「示」聲，讀作「祈」。《安大簡》簡36「禣」讀作「禱」。「祈」、「禱」二字是一組義近異文。

15.《上博簡》簡52「🅰」是「備」之訛字。字之右下已訛作「羔」形。《安大簡》簡36「㸚」本从「力」，「膚」聲。二字當讀作「服」。

16.《安大簡》簡37「目」當讀「冒」，意見當從高師佑仁。

17.《安大簡》簡37「逈」當隸定作「逈」，讀作「動」，指「行動」義。《上博簡》簡60下「迠」讀作「陷」，指「進攻」義。

18.《安大簡》簡37「嗖」當是「膄」之訛字。字所从「口」形當是「𠂆」形之訛。故字當隸定作「嗖」。

（七）「善攻、善守」章

1.《安大簡》簡41「賔」乃「寶」之形近訛字，從「缶」旁訛作「七」旁。

2.《安大簡》簡41「忨」乃「恗」之形近訛字，讀作「宏」。

3.《上博簡》簡16「🅰」減省了「〇」形，當視作「國」之訛字。

4.《上博簡》簡59「亓」、《安大簡》簡42「记」均讀作「欺」。

5.《上博簡》簡59「志」當釋作「之心」，《上博簡（四）·曹沫》書手漏抄合文符「＝」。

6.《安大簡》簡43「迬」當是「迣」之形近訛字。二字應釋作「往」。

7.《上博簡》簡63上「餀」讀作「譀」、《安大簡》簡43「訑」讀如字。「訑」、「譀」二字是義近異文。

8.《安大簡》簡43脫「軹」，現據《上博簡》簡63下「軹」補上。「軹」讀作「振」。

（八）「論三代之所」章

1.《安大簡》簡44「叟」當是「及」之訛字。

2.《安大簡》簡45「龏」、《上博簡》簡8上「共」皆讀作「恭」。

3.《安大簡》簡45「喬」上半本從「尤」，字當隸定作「喬」，視為「喬（喬）」之形近訛字。二字皆讀作「驕」。

4.《上博簡》簡65下「康」讀作「湯」。

5.《上博簡》簡65下「傑」、《安大簡》簡46「𤯝」二字屬異體關係，「人」、「力」二旁可替換。

綜上所述，對比《上博簡》、《安大簡》這兩個〈曹沫之陳〉版本後，我們可以發現《安大簡》版本的錯字較多。互校兩個版本的〈曹沫之陳〉後，可以知道《安大簡》版本出現了不少文字錯訛的情形，有一些極為簡單且常見的字包括「胃」、「和」、「而」、「又」、「交」及「曰」等字都出現錯寫現象，又出現脫合文符、脫文、衍文，以及多次出現補脫之情況，反映《安大簡（二）·曹沫》書手的書法較為稚拙，以及在抄寫時頗為粗心大意。另外，這兩個版本的用字也頗為不同，呈現出大量的義近異文、異體、通假之用字情況。在義近異文方面，如「邦」與「封」、「飢」與「訛」、「競」與「弜」、「瘁」與「哀」、「遷」與「衒」、「擊」與「博」、「繫」與「顧」等等；在異體方面，如「貳」與「𩁹」、「疟」與「𡵗」、「傑」與「𤯝」、「驚」與「鷙」、「障」與「墊」等等；在通假方面，如「魯」與「遮」、「緯」與「剸」、「雙/𩫏」與「漸」、「辟」與「避」、「事」與「史」、「倀」與「倘」、「酒」與「戚」、「谷」與「欲」、「犀」與「俤」、「輻」與「軝」、「冒」與「目」、「備」與「爐」、「康」與「湯」。不過仍有一些在字形、字音、字義三方面完全無法聯繫的異文，如「曰」與「朝」、「逌」與「迴」、「史」與「瞽」、「見」與「告」，再加上那些義近異文的例證，說明〈曹沫之陳〉在先秦時期至少存有兩個不同的版本。

第二節　未來展望

雖然出現了《安大簡》的〈曹沫之陳〉之版本，有些問題得到解決，可是仍有少數的問題無法解決，問題如下：

1.〈曹沫之陳〉「盤戰」一詞、「以盤就行」一句中的「盤」字之訓讀仍然沒

有得出合理的解釋，仍是待考的階段。我們希望未來公布的戰國竹簡有更多關於「盤」字之訓讀來解決這問題。

2.《安大簡》整理者以為《上博簡》簡 51 上「戝」、《安大簡》簡 34「斯」二字讀作「死」，可是兩個版本的〈曹沫之陳〉多次出現「死」字並表示死亡之 {死}，故二字讀作「死」之可能很低。我們希望未來公布的戰國竹簡有更多關於「斯」字之讀法來解決這問題。

3. 筆者認為《上博簡》簡 52「![字]〈備〉」、《安大簡》簡 36「![字]」二字皆讀「服」。由於兩個版本的〈曹沫之陳〉已出現「備」讀「服」之例，即簡文「不義則不備（服）」，可是簡文「乃失其服」又當如何解釋。待未來有更多關於「備」、「膚」二字之訓讀來解決這問題。

4. 筆者推測《安大簡》簡 23「![字]」字所從「卜」、「夕」只是古文字常見的結構移位之現象，可是此種寫法亦見於三晉文字。唯字形首見於戰國竹簡，難以判斷是哪一種現象，待未來有更多材料再來討論。

5. 筆者疑《安大簡》簡 32「瞖」字讀作「延」，「延兵」一詞見於《東觀漢記·傳三·劉玄》，可是其對應《上博簡》簡 29「史」字，讀「使」。到底「瞖」、「史」二字如何聯繫，待未來有更多材料再來討論。

6. 筆者疑《上博簡》簡 45「識」字讀「輕？」，可是如何與「輕」聲聯繫，待未來有更多材料再來討論。

以上為筆者尚未能解決或得出合理之說法，希望將來有更多出土材料及學者討論以解決上述之問題。本文聚焦於文字考釋及文辭訓讀。由於筆者之學識有限，所提出之考釋意見可能有偏頗或主觀的臆測，敬祈博雅君子，不吝批評指正。

徵引書目

（古書依時代排列，其餘據姓名筆畫排列）

一、古　籍

1. 〔周〕左丘明傳，〔晉〕杜預注，〔唐〕孔穎達正義：《春秋左傳正義》，北京：北京大學出版社，2000 年，嘉慶 21 年南昌學堂重刊宋本。

2. 〔春秋〕孫武撰，〔三國〕曹操等注，楊丙安校理：《十一家注孫子校理》，北京：中華書局，2012 年。

3. 〔西漢〕劉向編著，石光瑛校釋：《新序校釋》，北京：中華書局，2017 年。

4. 〔西漢〕劉向集錄，范祥雍箋證，范邦瑾協校：《戰國策箋證》，上海：上海古籍出版社，2018 年。

5. 〔漢〕王符著，〔清〕汪繼培箋，彭鐸校正：《潛夫論箋校正》，北京：中華書局，1997 年。

6. 〔漢〕劉向撰，向宗魯校證：《說苑校證》，北京：中華書局，1987 年。

7. 〔漢〕毛亨傳，〔漢〕鄭玄箋，〔唐〕孔穎達疏：《毛詩正義》，北京：北京大學出版社，2000 年，嘉慶 21 年南昌學堂重刊宋本。

8. 〔漢〕班固撰，〔清〕王先謙補注，上海師範大學古籍整理研究所整理：《漢書補注》，上海：上海古籍出版社，2008 年。

9. 〔漢〕公羊壽傳，〔漢〕何休解詁，〔唐〕徐彥疏：《春秋公羊傳注疏》，北京：北京大學出版社，2000 年，嘉慶 21 年南昌學堂重刊宋本。

10. 〔漢〕許慎撰，〔宋〕徐鉉校定：《說文解字》，北京：中華書局，2013 年，陳昌治本為底本。

11. 〔漢〕許慎撰，〔清〕段玉裁注：《說文解字注》，上海：上海古籍出版社，1981 年，

經韻樓原刻為底本。

12. 〔漢〕鄭玄注,〔唐〕賈公彥疏:《儀禮注疏》,北京:北京大學出版社,2000 年,嘉慶 21 年南昌學堂重刊宋本。

13. 〔漢〕鄭玄注,〔唐〕賈公彥疏:《周禮注疏》,北京:北京大學出版社,2000 年,嘉慶 21 年南昌學堂重刊宋本。

14. 〔漢〕鄭玄注,〔唐〕孔穎達正義:《禮記正義》,北京:北京大學出版社,2000 年,嘉慶 21 年南昌學堂重刊宋本。

15. 〔漢〕趙岐注,〔宋〕孫奭疏:《孟子注疏》,北京:北京大學出版社,2000 年,嘉慶 21 年南昌學堂重刊宋本。

16. 〔漢〕孔安國傳,〔唐〕孔穎達疏:《尚書正義》,北京:北京大學出版社,2000 年,嘉慶 21 年南昌學堂重刊宋本。

17. 〔漢〕司馬遷撰,〔宋〕裴駰集解,〔唐〕司馬貞索隱,〔唐〕張守節正義:《史記(點校本二十四史修訂本)》,北京:中華書局,2014 年。

18. 〔漢〕賈誼撰,閻振益、鍾夏校注:《新書校注》,北京:中華書局,2000 年。

19. 〔漢〕韓嬰撰,許維遹校釋:《韓詩外傳集釋》,北京:中華書局,1980 年。

20. 〔東漢〕劉珍撰,吳樹平校注:《東觀漢記校注》,北京:中華書局,2008 年。

21. 〔東漢〕劉熙撰,〔清〕畢沅疏證,〔清〕王先謙補,祝敏徹、孫玉文點校:《釋名疏證補》,北京:中華書局,2008 年。

22. 〔魏〕王弼注,樓宇烈校釋:《老子道德經注校釋》,北京:中華書局,2008 年。

23. 〔魏〕王弼注,〔唐〕孔穎達疏:《周易正義》,北京:北京大學出版社,2000 年,嘉慶 21 年南昌學堂重刊宋本。

24. 〔魏〕何晏注,〔宋〕邢昺疏:《論語注疏》,北京:北京大學出版社,2000 年,嘉慶 21 年南昌學堂重刊宋本。

25. 〔晉〕郭璞注,〔宋〕邢昺疏:《爾雅注疏》,北京:北京大學出版社,2000 年,嘉慶 21 年南昌學堂重刊宋本。

26. 〔晉〕陳壽撰,〔南朝宋〕裴松之注,盧弼集解,錢劍夫整理:《三國志集解》,上海:上海古籍出版社,2017 年。

27. 〔南梁〕顧野王撰:《宋本玉篇》,北京:中國書店,1983 年,根據張氏澤存堂本影印。

28. 〔梁〕皇侃撰,高尚榘校點:《論語義疏》,北京:中華書局,2013 年。

29. 〔梁〕蕭統編,〔唐〕李善、呂延濟、劉良、張銑、呂向、李周翰注:《六臣注文選》,北京:中華書局,2012 年,涵芬樓所藏宋刊《六臣注文選》影印。

30. 〔唐〕陸德明撰,黃焯斷句:《經典釋文》,北京:中華書局,1983 年。

31. 〔唐〕房玄齡等撰:《晉書》,北京:中華書局,1974 年。

32. 〔唐〕魏徵等撰,沈錫麟整理:《群書治要》,北京:中華書局,2020 年。

33. 〔北宋〕歐陽修、宋祁、范鎮、呂夏卿、梅堯臣等合撰,楊家駱主編:《新校本新

唐書》，臺北：鼎文書局，1981 年，北宋嘉祐十四行本。

34. 〔北宋〕王安石撰，劉成國點校：《王安石文集》，北京：中華書局，2021 年。

35. 〔宋〕洪興祖撰，黃靈庚點校：《楚辭補注》，上海：上海古籍出版社，2021 年。

36. 〔宋〕李昉等編，張國風會校：《太平廣記會校》，北京：北京燕山出版社，2011 年。

37. 〔宋〕范曄撰，〔唐〕李賢注：《後漢書》，北京：中華書局，1973 年。

38. 〔宋〕朱熹撰：《四書章句集注》，北京：中華書局，1983 年。

39. 〔明〕梅膺祚撰：《字彙》，上海：上海辭書出版社，1991 年，上海辭書出版社所藏清康熙二十七年靈隱寺刻本。

40. 〔清〕王聘珍撰，王文錦點校：《大戴禮記解詁》，北京：中華書局，1983 年。

41. 〔清〕王念孫撰，張靖偉、樊波成、馬濤等點校：《廣雅疏證》，上海：上海古籍出版社，2016 年。

42. 〔清〕劉淇著，章錫琛校注：《助字辨略》，北京：中華書局，1983 年。

43. 〔清〕王先謙撰，沈嘯寰、王星賢點校：《荀子集解》，北京：中華書局，1988 年。

44. 〔清〕王先慎撰，鍾哲點校：《韓非子集解》北京：中華書局，2003 年。

45. 〔清〕張玉書等編纂，漢語大詞典編纂處整理：《康熙字典：標點整理本》，上海：漢語大詞典出版社，2002 年。

46. 〔清〕孫詒讓撰，孫啟治點校：《墨子閒詁》，北京：中華書局，2001 年。

47. 〔清〕王念孫撰，徐煒君、樊波成、虞思徵、張靖偉點校：《讀書雜志》，上海：上海古籍出版社，2015 年。

48. 〔清〕吳大澂、丁佛言、強運開輯：《說文古籀補三種》，北京：中華書局，2011 年。

49. 〔清〕錢繹撰集，李發舜、黃建中點校：《方言箋疏》，北京：中華書局，2013 年。

二、今人著作（包括專書、網絡論文、期刊、論文集）

1. 于省吾：《甲骨文字釋林》，北京：中華書局，2010 年。

2. 于省吾主編，姚孝遂按語編撰：《甲骨文字詁林》，北京：中華書局，1999 年。

3. 山東博物館、中國文化遺產研究院編，張海波整理：《銀雀山漢墓簡牘集成〔貳〕》（北京：文物出版社，2021 年），頁 17。

4. 王利器校注：《鹽鐵論校注》，北京：中華書局，1992 年。

5. 王蘊智：《字學論集》，鄭州：河南美術出版社，2004 年。

6. 王叔岷撰：《古籍虛字廣義》，北京：中華書局，2007 年。

7. 王叔岷撰：《斠讎學：補訂本；校讎別錄》，北京：中華書局，2007 年。

8. 王永昌：《清華簡文字與晉系文字對比研究》，長春：吉林大學博士論文，2018 年。

9. 王震集解：《六韜集解》，北京：中華書局，2022 年。

10. 王子楊：〈甲骨金文舊釋「競」的部分字當改釋為「麗」〉，《出土文獻》第 1 期（2020年），頁 24～36。

11. 王勇：〈釋安大簡《曹沫之陳》「邦家以忧」、「明詁於鬼神」、「吾言氏不女」〉，武漢網，（2023 年 5 月 16 日）。取自 http://www.bsm.org.cn/?chujian/9018.html。

12. 王瑜楨：《上海博物館藏戰國楚竹書（一）～（六）字根研究》，新北：淡江大學碩士論文，2011 年。

13. 王瑜楨：《《清華大學藏戰國竹簡（陸）》鄭國史料三篇研究》，臺北：國立師範大學博士論文，2018 年。

14. 王挺斌：《戰國秦漢簡帛古書訓釋研究》，北京：清華大學博士論文，2018 年。

15. 北京大學考古學系商周組、山西省考古研究所：《天馬—曲村 1980～1989》，北京：科學出版社，2000 年。

16. 田煒：《西周金文字詞關係研究》，上海：上海古籍出版社，2016 年。

17. 田煒：〈釋侯馬盟書中的「助」〉，載復旦大學歷史學系、復旦大學出土文獻與古文字研究中心主辦：《簡帛文獻與古代史學術研討會暨第二屆出土文獻青年學者論壇會議論文集》，頁 44～46。

18. 田煒：〈論秦始皇「書同文字」政策的內涵及影響——兼論判斷出土秦文獻文本年代的重要標尺〉，《中央研究院歷史語言研究所集刊》第 89 本第 3 分（2018 年），頁 404～434。

19. 石小力：〈上古漢語「茲」用為「使」說〉，《語言科學》第 6 期（2017 年），頁 658～661。

20. 石小力：〈清華簡第七冊字詞釋讀札記〉，《出土文獻》第 11 輯（2017 年），頁 245。

21. 石小力：〈釋戰國楚文字中的「軌」〉，《「首屆漢語字詞關係學術研討會」會議論文集》（2019 年），頁 81～85。

22. 石小力：〈清華簡《參不韋》概述〉，《文物》第 9 期（2022 年），頁 52～55。

23. 白於藍：〈《曹沫之陳》新編釋文及相關問題探討〉，《中國文字》新 31 期（2006年），頁 117～134。

24. 白於藍編著：《簡帛古書通假字大系》，福州：福建人民出版社，2017 年。

25. 北京大學《儒藏》編纂與研究中心編：《儒藏·精華編》第 282 冊，北京：北京大學出版社，2020 年。

26. 〔美〕白一平、〔法〕沙加爾著，來國龍、鄭偉、王弘治譯：《上古漢語新構擬》，香港：中華書局，2022 年。

27. 安徽大學漢字發展與應用研究中心編，黃德寬、徐在國主編：《安徽大學藏戰國竹簡（一）》，上海：中西書局，2019 年。

28. 安徽大學漢字發展與應用研究中心編，黃德寬、徐在國主編：《安徽大學藏戰國竹簡（二）》，上海：中西書局，2022 年。

29. 李銳：〈《曹劌之陣》釋文新編〉，簡帛研究網，（2005 年 2 月 25 日）。取自 http://www.jianbo.sdu.edu.cn/info/1011/1690.htm。

30. 李銳：〈《曹劌之陣》重編釋文〉，簡帛研究網，（2005 年 5 月 27 日）。取自 http://www.jianbo.sdu.edu.cn/info/1011/1741.htm。

31. 李學勤：《中國古代文明研究》，上海：華東師範大學出版社，2004 年。

32. 李學勤主編：《字源》，天津：天津古籍出版社，2012 年。

33. 李學勤主編，清華大學出土文獻研究與保護中心編：《清華大學藏戰國竹簡（貳）》，上海：中西書局，2011 年。

34. 李學勤主編，清華大學出土文獻研究與保護中心編：《清華大學藏戰國竹簡（叁）》，上海：中西書局，2012 年。

35. 李學勤主編，清華大學出土文獻研究與保護中心編：《清華大學藏戰國竹簡（伍）》，上海：中西書局，2015 年。

36. 李學勤主編，清華大學出土文獻研究與保護中心：《清華大學藏戰國竹簡（陸）》，上海：中西書局，2016 年。

37. 李學勤主編，清華大學出土文獻研究與保護中心編：《清華大學藏戰國竹簡（捌）》，上海：中西書局，2018 年。

38. 李零：《簡帛古書與學術源流》，北京：生活·讀書·新知三聯書店，2004 年。

39. 李零：〈中國歷史上的恐怖主義：刺殺和劫持〉，《讀書》第 11 期（2004 年），頁 9～17。

40. 李零譯注：《孫子譯注》，北京：中華書局，2022 年。

41. 李鵬輝：〈談安大簡《詩經》中的「褱」及其相關字〉，載徐在國主編，安徽大學漢字發展與應用研究中心編：《戰國文字研究》第 1 輯（合肥：安徽大學出版社，2019 年），頁 83～92。

42. 李鵬輝：〈據安徽大學藏戰國竹簡《曹沫之陳》談上博簡相關簡文的編聯〉，《文物》第 3 期（2022 年），頁 80～84。

43. 李春桃：《傳抄古文綜合研究》，長春：吉林大學博士論文，2012 年。

44. 李存智：《上博楚簡通假字音韻研究》，臺北：萬卷樓圖書股份有限公司，2010 年。

45. 李步嘉校釋：《越絕書校釋》，北京：中華書局，2013 年。

46. 李方桂：《上古音研究》，北京：商務印書館，2015 年。

47. 李松儒：〈安徽大學藏戰國竹簡對讀三則〉，《出土文獻》第 12 輯（2022 年），頁 184～187。

48. 李松儒、單育辰：〈談安大簡《詩經》中的一些文字問題〉，載安徽大學漢字發展與應用研究中心編，徐在國主編：《戰國文字研究》第 2 輯（合肥：安徽大學出版社，2020 年），頁 19～23。

49. 李家浩：〈釋「弁」〉，載吉林大學古文字研究室編：《古文字研究》第 1 輯（北京：中華書局，1979 年），頁 391～394。

50. 李家浩:〈上博楚簡《曹沫之陳》「復盤戰」一段文字義疏〉,載安徽大學漢字發展與應用研究中心編,徐在國主編:《戰國文字研究》第 5 輯(合肥:安徽大學出版社,2022 年),頁 49～68。

51. 李豪:〈結合古文字和文獻用字論「咒」「弟」「雉」等字的上古聲母〉,《出土文獻》第 1 期(2021 年),頁 140～145。

52. 李守奎:《漢字闡釋十二講》,上海:上海古籍出版社,2023 年。

53. 吳在慶撰:《杜牧集繫年校注》,北京:中華書局,2008 年。

54. 吳鎮烽編著:《商周青銅器銘文暨圖像集成》,上海:上海古籍出版社,2012 年。

55. 吳鎮烽編著:《商周青銅器銘文暨圖像集成續編》,上海:上海古籍出版社,2016 年。

56. 何寧撰:《淮南子集釋》,北京:中華書局,1998 年。

57. 何琳儀:《戰國古文字典——戰國文字聲系》,北京:中華書局,1998 年。

58. 沈培:〈周原甲骨文裏的「囟」和楚墓竹簡裏的「囟」或「思」〉,《漢字研究》第 1 期(2005 年),頁 345～366。

59. 沈培:〈說古文字裏的「祝」及相關之字〉,載武漢大學簡帛研究中心主辦:《簡帛》第 2 輯(上海:上海古籍出版社,2007 年),頁 19～29。

60. 沈培:〈《詩·周頌·敬之》與清華簡《周公之琴舞》對應頌詩對讀〉,載復旦大學出土文獻與古文字研究中心編:《出土文獻與古文字研究》第 6 輯(上海:上海古籍出版社,2015 年),頁 327～357。

61. 沈奇石:〈《曹沫之陣》與傳世軍事文獻合證兩則〉,《中國文字研究》第 37 輯(2023 年),頁 53～57。

62. 余迺永校注:《新校互注宋本廣韻(定稿本)》,上海:上海人民出版社,2008 年。

63. 何有祖:〈上博楚竹書(四)札記〉,簡帛研究網,(2005 年 4 月 15 日)。取自 http://www.jianbo.sdu.edu.cn/info/1011/1735.htm。

64. 金宇祥:〈《上博五·弟子問》「飲酒如啜水」及其相關問題〉,《成大中文學報》第 67 期(2019 年),頁 41～51。

65. 周生春撰:《吳越春秋輯校匯考》,上海:上海古籍出版社,1997 年。

66. 周祖謨校:《廣韻校本》,北京:中華書局,2011 年。

67. 周鳳五:〈曶鼎銘文新釋〉,《故宮學術季刊》第 2 期(2015 年),頁 2～13。

68. 周立昇、趙呈元、徐鴻修、錢曾怡、董治安、葛懋春編著:《商子匯校匯注》,南京:鳳凰出版社,2017 年。

69. 孟蓬生:〈上博竹書(四)閒詁〉,簡帛研究網,(2005 年 2 月 15 日)取自 http://www.jianbo.sdu.edu.cn/info/1011/1661.htm。

70. 孟蓬生:〈「竜」字音釋——談魚通轉例說之八〉,復旦網,(2012 年 10 月 31 日)。取自 http://www.fdgwz.org.cn/Web/Show/1956。

71. 林清源:《楚國文字構形演變研究》,臺中:東海大學博士論文,1997 年。

72. 林清源：〈北大漢簡《周馴》訛字及相關問題檢討〉，《漢學研究》第 4 期（2022 年），頁 290～311。

73. 林澐：《林澐學術文集》，北京：中國大百科全書出版社，1998 年。

74. 林澐：《林澐文集》，上海：上海古籍出版社，2019 年。

75. 林義光原著，林志強標點：《文源：標點本》，上海：上海古籍出版社，2017 年。

76. 河南省文物研究所、河南省丹江庫區考古發掘隊、淅川縣博物館編：《淅川下寺春秋楚墓》，北京：文物出版社，1991 年。

77. 邴尚白：〈上博竹書〈曹沫之陳〉注釋〉，《中國文學研究》第 21 期（2006 年），頁 5～38。

78. 宗福邦、陳世鐃、蕭海波主編：《故訓匯纂》，北京：商務印書館，2003 年。

79. 武漢大學簡帛研究中心、荊門市博物館編著：《楚地出土戰國簡冊合集（一）：郭店楚墓竹簡》，北京：文物出版社，2011 年。

80. 季旭昇：《說文新證》，臺北：藝文印書館，2014 年。

81. 季旭昇主編，陳霖慶、鄭玉姍、鄒濬智合撰：《《上海博物館藏戰國楚竹書（一）》讀本》，臺北：萬卷樓圖書股份有限公司，2004 年。

82. 季旭昇主編，袁師國華協編，陳思婷、張繼凌、高師佑仁、朱賜麟合撰：《上海博物館藏戰國楚竹簡（四）讀本》，臺北：萬卷樓圖書館股份有限公司，2007 年。

83. 季旭昇：〈從《新蔡葛陵》簡談戰國楚簡「婉」字——兼談《周易》「女子貞不字」〉，載王建生、朱歧祥主編：《2004 年文字學學術研討會論文集》（臺北：里仁書局，2005 年），頁 71～85。

84. 季旭昇：〈據《上博二·子羔》釋《毛詩·魯頌·閟宮》「上帝是依」〉，載復旦大學出土文獻與古文字研究中心、聊城大學文學院聯合主辦：《第八屆出土文獻與中國文學研究學術研討會會議論文集》，頁 6～14。

85. 季旭昇：《季旭昇學術論文集》，新北：花木蘭文化事業有限公司，2022 年。

86. 姚孝遂、肖丁合著：《小屯南地甲骨考釋》，北京：中華書局，1985 年。

87. 施瑞峰：〈作為同時證據的諧聲、假借對上古漢語音系構擬的重要性——一項準備性的研究〉，《出土文獻》第 13 輯（2018 年），頁 422～432。

88. 侯瑞華：〈《曹沫之陳》對讀三則〉，武漢網，（2022 年 9 月 5 日）。取自 http://www.bsm.org.cn/?chujian/8782.html。

89. 侯瑞華：〈試說安大簡《曹沫之陳》簡 30 從衣從土之字〉，武漢大學簡帛研究中心網，（2022 年 11 月 13 日）。取自 http://www.bsm.org.cn/?chujian/8845.html。

90. 俞紹宏、張青松編著：《上海博物館藏戰國楚簡集釋》，北京：社會科學文獻出版社，2019 年。

91. 洪颺、于雪：〈安大簡《詩經》「懷（褱）」字及相關諸字〉，載中國古文字研究會、西南大學漢語言文獻研究所、西南大學出土文獻綜合研究中心編：《古文字研究》第 34 輯（北京：中華書局，2022 年），頁 329～332。

92. 馬承源主編，陳佩芬、潘建明、陳建敏、濮茅左編撰：《商周青銅器銘文選》，北京：文物出版社，1990 年。

93. 馬承源主編：《上海博物館藏戰國楚竹書（一）》，上海：上海古籍出版社，2001 年。

94. 馬承源主編：《上海博物館藏戰國楚竹書（二）》，上海：上海古籍出版社，2002 年。

95. 馬承源主編：《上海博物館藏戰國楚竹書（三）》，上海：上海古籍出版社，2003 年。

96. 馬承源主編：《上海博物館藏戰國楚竹書（四）》，上海：上海古籍出版社，2004 年。

97. 馬承源主編：《上海博物館藏戰國楚竹書（六）》，上海：上海古籍出版社，2007 年。

98. 馬承源主編：《上海博物館藏戰國楚竹書（九）》，上海：上海古籍出版社，2012 年。

99. 高亨纂著，董治安整理：《古字通假會典》，濟南：齊魯書社，1989 年。

100. 〔瑞〕高本漢著，聶鴻音譯：《中上古漢語音韻綱要》，濟南：齊魯書社，1987 年。

101. 高師佑仁：〈《曹沫之陣》「早」字考釋——從楚系「來」形的一種特殊寫法談起〉，載武漢大學簡帛研究中心主辦：《簡帛》第 1 輯（上海：上海古籍出版社，2006 年），頁 177～185。

102. 高師佑仁：《《上海博物館藏戰國楚竹書（四）·曹沫之陣》研究》，臺北：花木蘭文化出版社，2008 年。

103. 高師佑仁：《上博楚簡莊、靈、平三王研究》，臺南：國立成功大學博士論文，2011 年。

104. 高師佑仁：《《清華伍》書類文獻研究》，臺北：萬卷樓圖書有限公司，2018 年。

105. 高師佑仁：《清華柒《越公其事》研究》，臺北：萬卷樓圖書股份有限公司，2023 年。

106. 高師佑仁：〈談《曹沫之陳》「民有寶」一段釋讀〉，《中國文字》總第 9 期（2023 年），頁 101～109。

107. 高師佑仁：〈安大簡《曹沫之陳》補釋〉，（待刊於《興大人文學報》）。

108. 唐佳、肖毅：〈楚簡「敜」字補釋〉，載武漢大學簡帛研究中心主辦：《簡帛》第 25 輯（上海：上海古籍出版社，2023 年），頁 27～48。

109. 孫偉龍：《《上海博物館藏戰國楚竹書》文字羨符研究》，長春：吉林大學博士論文，2009 年。

110. 孫合肥：《戰國文字形體研究》，北京：中華書局，2020 年。

111. 徐在國：《上博楚簡文字聲系（一～八）》，合肥：安徽大學出版社，2013 年。

112. 徐俊剛：《非簡帛類戰國文字通假材料的整理與研究》，長春：吉林大學博士論文，2018 年。

113. 徐元誥撰，王樹民、沈長雲點校：《國語集解（修訂本）》，北京：中華書局，2019 年。

114. 徐在國：〈說「甹」及其相關字〉，《中國文字學報》第 12 輯（2022 年），頁 88～91。

115. 袁瑩：《戰國文字形體混同現象研究》，上海：中西書局，2019 年。

116. 袁金平：〈說安大簡《曹沫之陳》釋為「早」的字〉，載安徽大學漢字發展與應用研究中心編，徐在國主編：《戰國文字研究》第 7 輯（合肥：安徽大學出版社，2023 年），頁 66～73。

117. 袁金平：〈據安大簡《曹沫之陣》「眔」字異體談春秋金文「印彎」的讀法〉，《安徽大學學報（哲學社會科學版）》第 5 期（2023 年），頁 78～81。

118. 曹錦炎：《披沙揀金：新出青銅器銘文論集》，杭州：浙江人民美術出版社，2019 年。

119. 陳偉：〈郭店簡〈六德〉校讀〉，載中國古文字研究會、中山大學古文字研究所編：《古文字研究》第 24 輯（北京：中華書局，2002 年），頁 395～398。

120. 陳劍：〈上博竹書〈昭王與龔之脽〉和〈柬大王泊旱〉讀後記〉，簡帛研究網，（2005 年 2 月 15 日）。取自 http://www.jianbo.sdu.edu.cn/info/1011/1667.htm。

121. 陳劍：《甲骨金文考釋論集》，北京：線裝書局，2007 年。

122. 陳劍：《戰國竹書論集》，上海：上海古籍出版社，2013 年。

123. 陳劍：〈清華簡字義零札兩則〉，載復旦大學出土文獻與古文字研究中心編：《戰國文字研究的回顧與展望》，上海：中西書局，2017 年），頁 190～203。

124. 陳劍：〈據《清華簡（伍）》的「古文虞」字說毛公鼎和殷墟甲骨文的有關諸字〉，載李宗焜主編：《古文字與古代史》第 5 輯（臺北：中研院史語所，2017 年），頁 262～286。

125. 陳劍：〈試為西周金文和清華簡《攝命》所謂「粦」字進一解〉，《出土文獻》第 13 輯（2018 年），頁 29～39。

126. 陳劍：〈簡談安大簡中幾處攸關《詩》之原貌原義的文字錯訛〉，載鍾柏生、季旭昇主編：《中國文字》2019 年冬季號，臺北：萬卷樓圖書股份有限公司，2019 年，頁 12～17。

127. 陳斯鵬：《簡帛文獻與文學考論》，廣州：中山大學出版社，2007 年。

128. 陳斯鵬：〈楚簡「史」、「弁」續辨〉，載中國古文字研究會、吉林大學古文字研究室編：《古文字研究》第 27 輯（北京：中華書局，2008 年），頁 400～405。

129. 陳斯鵬：《卓廬古文字學叢稿》，上海：中西書局，2018 年。

130. 陳斯鵬：《楚系簡帛中字形與音義關係研究（修訂本）》，上海：中西書局，2022。

131. 陳斯鵬：〈談談安大簡《曹蔑之陣》中的幾處訛字〉，載中國文字學會、南通大學文學院：《中國文字學會第十一屆學術年會論文集》（2022 年），頁 82～90。

132. 陳佩芬：《夏商周青銅器研究（東周篇）》，上海：上海古籍出版社，2004 年。

133. 陳偉武：〈讀上博藏簡第四冊零札〉，載中國古文字研究會、華南師範大學文學院編：《古文字研究》第 26 輯（北京：中華書局，2006 年），頁 275～279。

134. 陳松長主編：《岳麓書院藏秦簡（肆）》，上海：上海辭書出版社，2015 年。

135. 陳民鎮：〈略說清華簡《五紀》的齊系文字因素〉，《北方論叢》第 4 期（2022 年），頁 51～58。

136. 陳世輝：〈牆盤銘文解說〉，《考古》第 5 期（1980 年），頁 433～435。

137. 陳曦集釋：《吳子集釋》，北京：中華書局，2021 年。

138. 陳正賢：《秦文獻用字的時代特徵》，臺中：國立中興大學碩士論文，2022 年。

139. 陳厚任：〈清華簡政論類文獻研究——以《邦家處位》、《天下之道》、《治政之道》、《治邦之道》為材料〉，嘉義：國立中正大學博士論文，2023 年。

140. 郭沫若：《兩周金文辭大系》，北京：科學出版社，2002 年。

141. 郭國權：《河南淅川縣下春秋楚墓青銅器銘文集釋》，長春：吉林大學碩士論文，2007 年。

142. 郭錫良編著：《漢字古音手冊（增訂重排本）》，北京：商務印書館，2019 年。

143. 范常喜：〈《上博六·競公瘧》簡 9「勿」字補議〉，武漢網，（2007 年 7 月 29 日）。取自 http://www.bsm.org.cn/?chujian/4888.html。

144. 范常喜：《簡帛探微——簡帛字詞考釋與文獻新證》，上海：中西書局，2016 年。

145. 范常喜：〈安大簡《曹沬之陳》札記二則〉，載安徽大學漢字發展與應用研究中心、山東大學文學院主辦：《戰國文字研究青年學者論壇論文集》，頁 48～58。

146. 商承祚編著：《石刻篆文字編》，北京：中華書局，1996 年。

147. 〔日〕淺野裕一：〈上博楚簡《曹沬之陳》的兵學思想〉，簡帛研究網，（2005 年 9 月 25 日）。取自 http://www.jianbo.sdu.edu.cn/info/1011/1760.htm。

148. 連劭名：〈戰國楚竹書叢考〉，《文物春秋》第 4 期（2016 年），頁 22～35。

149. 張新俊：《上博楚簡文字研究》，長春：吉林大學博士論文，2005 年。

150. 張新俊：〈據清華簡釋字一例〉，復旦網，（2011 年 6 月 29 日）。取自 http://www.fdgwz.org.cn/Web/Show/1573。

151. 張俊成：《齊系金文研究》，上海：上海古籍出版社，2022 年。

152. 張秀華：〈《曹沬之陳》「𩜔」「訑」釋義〉，《古籍整理研究學刊》第 2 期（2023 年），頁 101～104。

153. 張玉金：《出土戰國文獻虛詞研究》，北京：人民出版社，2011 年。

154. 張振謙編著：《齊魯文字編》，北京：學苑出版社，2014 年。

155. 張師光裕：《澹煙疏雨：張光裕問學論稿》，上海：上海古籍出版社，2018 年。

156. 張富海：〈據古文字確定幾個魚部一等字的開合〉，《文獻語言學》第 6 期（2018 年），頁 157～161。

157. 張富海：《漢人所謂古文之研究（修訂本）》，上海：中西書局，2023 年。

158. 許維遹撰，梁運華整理：《呂氏春秋集釋》，北京：中華書局，2010 年。

159. 許富宏校注：《尉繚子校注》，北京：中華書局，2023 年。

160. 尉侯凱：〈說「退」、「後」〉，武漢網，（2019 年 10 月 9 日）。取自 http://www.bsm.org.cn/?chujian/8148.html。

161. 尉侯凱：〈「甸」還是「封」？〉，《中國語文》第 2 期（2023 年），頁 230～234。

162. 湖南省博物館、復旦大學出土文獻與古文字研究中心編纂，裘錫圭主編：《長沙馬

王堆漢墓簡帛集成》，北京：中華書局，2014 年。

163. 湯志彪編著：《三晉文字編》，北京：作家出版社，2013 年。

164. 荊門市博物館：《郭店楚墓竹簡》，北京：文物出版社，1998 年。

165. 程千帆、徐有富：《校讎廣義：校勘編》，濟南：齊魯書社，1998 年。

166. 程燕：〈「坐」、「跪」同源考〉，載中國古文字研究會、復旦大學出土文獻與古文字研究中心編：《古文字研究》第 29 輯（北京：中華書局，2012 年），頁 641～643。

167. 程邦雄、錢晨：〈安大簡《曹沬之陳》裏的「」〉，《古漢語研究》第 3 期（2023 年），頁 2～7。

168. 單育辰：《《曹沬之陳》文本集釋及相關問題研究》，長春：吉林大學碩士論文，2006 年。

169. 單育辰：〈談晉系用為「舍」之字〉，載武漢大學簡帛研究中心主辦：《簡帛》第 4 輯（上海：上海古籍出版社，2009 年），頁 161～168。

170. 單育辰：〈從戰國簡《曹沬之陳》再談今本《吳子》、《慎子》的真偽〉，載中國文化遺產研究院編：《出土文獻研究》第 12 輯（上海：中西書局，2013 年），頁 91～98。

171. 單育辰：《甲骨文所見動物研究》，上海：上海古籍出版社，2020 年。

172. 單曉偉：《秦文字疏證》，合肥：安徽大學碩士論文，2010 年。

173. 黃德寬主編：《古文字譜系疏證》，北京：商務印書館，2007 年。

174. 黃德寬：〈安徽大學藏戰國竹簡概述〉，《文物》第 9 期（2017 年），頁 54～59。

175. 黃德主編，徐在國副編，夏大兆編著：《商代文字字形表》，上海：上海古籍出版社，2017 年。

176. 黃德寬主編，徐在國副編，汪學旺編著：《西周文字字形表》，上海：上海古籍出版社，2017 年。

177. 黃德主編，徐在國副編，吳國昇編著：《春秋文字字形表》，上海：上海古籍出版社，2017 年。

178. 黃德寬主編，徐在國副編，徐在國、程燕、張振謙編著：《戰國文字字形表》，上海：上海古籍出版社，2017 年。

179. 黃德主編，徐在國副編，單曉偉編著：《秦文字字形表》，上海：上海古籍出版社，2017 年。

180. 黃德寬主編，清華大學出土文獻研究與保護中心編：《清華大學藏戰國竹簡（拾）》，上海：中西書局，2020 年。

181. 黃德寬主編，清華大學出土文獻研究與保護中心編：《清華大學藏戰國竹簡（拾壹）》，上海：中西書局，2021 年。

182. 黃暉撰：《論衡校釋》，北京：中華書局，1990 年。

183. 黃懷信、張懋鎔、田旭東撰，黃懷信修訂，李學勤審定：《逸周書彙校集注（修訂本）》，上海：上海古籍出版社，2007 年。

184. 黃師聖松：〈《左傳》、《國語》、《周禮》「賦」之具體內容考論〉，《中正漢學研究》第 2 期（2021 年），頁 128～150。

185. 黃一村：《清華簡（壹—拾）用字差異現象與文本研究》，北京：清華大學博士論文，2022 年。

186. 董同龢：《上古音韻表稿》，臺北：中央研究院歷史語言研究所，1944 年。

187. 董珊：〈「弋日」解〉，《文物》第 3 期（2007 年），頁 58～60。

188. 董珊：《簡帛文獻考釋論叢》，上海：上海古籍出版社，2014 年。

189. 曾憲通、陳偉武主編，林志強、胡志強編撰：《出土戰國文獻字詞集釋》，北京：中華書局，2018 年。

190. 賈連翔：《戰國竹書形制及相關問題研究——以清華大學藏戰國竹簡為中心》，上海：中西書局，2015 年。

191. 賈連翔：〈試析戰國竹簡中的「弄」及相關諸字〉，載中山大學古文字研究所編：《文字、文獻與文明——第七屆出土文獻青年學者論壇暨國際學術研討會論文集》（廣州：中山大學古文字研究所，2018 年），頁 181～191。

192. 楊樹達：《詞詮》，北京：中華書局，1978 年。

193. 楊伯峻編著：《春秋左傳注（修訂本）》，北京：中華書局，2016 年。

194. 楊柳：《楚系簡帛文字「同義形符替換」現象研究》，合肥：安徽大學碩士論文，2021 年。

195. 楊濬豪：《古文字聲符變化與上古音系統研究》，臺北：國立臺灣師範大學博士論文，2021 年。

196. 裘錫圭：《中國出土古文獻十講》，上海：復旦大學出版社，2004 年。

197. 裘錫圭：《裘錫圭學術文集》，上海：復旦大學出版社，2012 年。

198. 裘錫圭：〈出土文獻與古典學重建〉，《出土文獻》第 4 輯（2013 年），頁 1～18。

199. 鄔可晶：〈金文「傳器」考〉，載曹錦炎主編：《古文字與出土文獻青年學者西湖論壇（2021）論文集》（上海：上海古籍出版社，2022 年），頁 1～16。

200. 鄔可晶：〈古文字中舊釋「散」之字辨析〉，載李淑萍、王欣慧總編輯：《第 33 屆中國文字學國際學術研討會論文集》，臺中：中國文字學會、輔仁大學中國文學系，2022 年，頁 397～315。

201. 廖名春：〈讀楚竹書《曹沫之陳》箚記〉，簡帛研究網，（2005 年 2 月 12 日）。取自 http://www.jianbo.sdu.edu.cn/info/1011/1640.htm。

202. 趙平安：《新出簡帛與古文字古文獻研究》，北京：商務印書館，2009 年。

203. 趙平安：《文字‧文獻‧古史：趙平安自選集》，上海：中西書局，2017 年。

204. 趙平安：〈清華簡第六輯文字補釋六則〉，《出土文獻》第 9 輯（2016 年），頁 183～189。

205. 趙平安：〈從「聑」字的釋讀談到甲骨文的「巴方」〉，《文獻》第 5 期（2019 年），頁 62～75。

206. 趙振鐸校：《集韻校本》，上海：上海辭書出版社，2012 年。

207. 趙培：〈「貳」的古今字形及其相關考論〉，載西南大學出土文獻綜合研究中心、西南大學漢語文獻研究所主辦：《出土文獻綜合集刊》第 5 輯（成都：巴蜀書社，2017 年），頁 121～139。

208. 趙曉斌：〈荊州棗紙簡《吳王夫差起師伐越》與清華簡《越公其事》〉，《清華戰國楚簡國際學術研討會論文集》，頁 6～11。

209. 趙曉斌：〈荊州棗紙簡《齊桓公自莒返於齊》與《國語・齊語》《管子・小匡》〉，載中國文化遺產研究院編：《出土文獻研究》第 21 輯（上海：中西書局，2022 年），頁 100～106。

210. 劉釗：〈利用郭店楚簡字形考釋金文一例〉，載中國古文字研究會、中山大學古文字研究所編：《古文字研究》第 24 輯（北京：中華書局，2002 年），頁 277～281。

211. 劉釗：《郭店楚簡校釋》，福州：福建人民出版社，2005 年。

212. 劉釗：《古文字構形學（修訂本）》，福州：福建人民出版社，2011 年。

213. 劉釗主編，鄭健飛、李霜潔、程少軒協編：《馬王堆漢墓簡帛文字全編》，北京：中華書局，2020 年。

214. 劉釗主編，陳劍副主編：《傳承中華基因——甲骨文發現一百二十年來甲骨學論文精選及提要》，北京：中華書局，2021 年。

215. 劉洪濤：〈上海博物館藏楚二合「虞」官印考釋〉，《文史》第 2 期（2016 年），頁 269～272。

216. 劉洪濤：〈《方言》「散，殺也」疏證〉，《語言科學》第 1 期（2017 年），頁 1～5。

217. 劉洪濤：《形體特點對古文字考釋》（北京：商務印書館，2019 年），頁 210～217。

218. 劉嘉文：〈《安大簡（二）・曹沫之陣》中的「盤」字補說〉，武漢網，（2022 年 9 月 20 日）。取自 http://www.bsm.org.cn/?chujian/8796.html。

219. 劉嘉文：〈談《安大簡（二）・曹沫》之形近訛字二則〉，武漢網，（2023 年 8 月 30 日）。取自 http://www.bsm.org.cn/?chujian/9165.html。

220. 劉嘉文：〈楊伯峻《春秋左傳注》「土田陪敦」注解商榷〉，《道南論衡——政大中文 2022 年全國研究生學術研討會論文集》，載國立政治大學中國文學系：（臺北：國立政治大學中國文學系，2023 年），頁 97～114。

221. 劉新全：〈據《左傳》校讀《曹沫之陣》「復盤戰」問對〉，載西北師範大學文學院簡牘研究中心：《第二屆簡牘學與出土文獻語言文字研究學術研討會論文集》（2023 年），頁 352～359。

222. 鄭張尚芳：《上古音系》，上海：上海教育出版社，2018 年。

223. 廣瀨薰雄：〈釋清華大學藏楚簡（叄）《良臣》的「大同」——兼論姑馮句鑃所見的「昏同」〉，載中國古文字研究會、中山大學古文字研究所編：《古文字研究》第 30 輯（北京：中華書局，2014 年），頁 415～418。

224. 滕壬生：《楚系簡帛文字編（增訂本）》，武漢：湖北教育出版社，2008 年。

225. 滕勝霖：〈安大簡《曹沫之陣》「盤」補說〉，載安徽大學漢字發展與應用研究中心編，徐在國主編：《戰國文字研究》第 7 輯（合肥：安徽大學出版社，2023 年），頁 74～75。

226. 鄧佩玲：〈戰國楚簡所見「𧫒」及其相關字形〉，載中國古文字研究會、吉林大學中國古文字研究中心編：《古文字研究》第 32 輯（北京：中華書局，2018 年），頁 458～463。

227. 黎翔鳳撰，梁運華整理：《管子校注》，北京：中華書局，2004 年。

228. 駢宇騫編著：《銀雀山漢簡文字編》，北京：文物出版社，2001 年。

229. 錢玄同著，楊佩昌整理：《錢玄同：國學文稿》，北京：中國畫報出版社，2010 年。

230. 駱珍伊：《《上海博物館藏戰國楚竹書(七)～(九)》與《清華大學藏戰國竹簡(壹)～(叁)》字根研究》，臺北：國立臺灣師範大學碩士論文，2015 年。

231. 駱珍伊：《安徽大學藏戰國竹簡詩經研究》，臺北：國立臺灣大學博士論文，2022 年。

232. 禤健聰：〈上博楚簡釋字三則〉，簡帛研究網，（2005 年 4 月 15 日）。取自 http://www.jianbo.sdu.edu.cn/info/1011/1733.htm。

233. 禤健聰：〈楚簡文字與《說文》互證舉例〉，載王蘊智、吳艾萍、郭樹恒主編：《許慎文化研究——首屆許慎文化國際研討會論文集》（北京：中國文藝出版社，2006 年），頁 308～319。

234. 禤健聰：〈釋戰國文字的「叕」〉，《古籍研究》第 2 期（2007 年），頁 185～188。

235. 禤健聰：〈楚簡釋讀瑣記（五則）〉，載中國古文字研究會、吉林大學古文字研究室編：《古文字研究》第 27 輯（北京：中華書局，2008 年），頁 370～375。

236. 禤健聰：《戰國楚系簡帛用字習慣研究》，北京：科學出版社，2017 年。

237. 濮茅左：〈《孔子詩論》簡序解析〉，載上海大學古代文明研究中心、清華大學思想文化研究所編：《上博館藏戰國楚竹書研究》（上海：上海書店出版社，2002 年），頁 9～50。

238. 謝維揚、房鑫亮主編：《王國維全集》，杭州：浙江教育出版社，2010 年。

239. 謝明文：《商周文字論集》，上海：上海古籍出版社，2017 年。

240. 謝明文：〈說耑及相關諸字〉，《文史》第 3 輯（2020 年），頁 5～18。

241. 謝明文：〈吳虎鼎銘文補釋〉，《出土文獻》第 2 期（2022 年），頁 51～58。

242. 蔡一峰：〈《清華簡（伍）》字詞零釋四則〉，載楊振紅、鄔文玲主編：《簡帛研究》2016 春夏卷（桂林：廣西師範大學出版社，2016 年），頁 29～35。

243. 魏汝霖註譯：《黃石公三略今註今譯》，臺北：臺灣商務印書館，1990 年。

244. 魏宜輝：〈讀上博楚簡（四）箚記〉，簡帛研究網，（2005 年 3 月 10 日）。取自 http://www.jianbo.sdu.edu.cn/info/1011/1715.htm。

245. 簡欣儀：〈清華陸〈鄭文公問太伯〉與《左傳》人名蠡測〉，《淡江中文學報》第 48 期（2023 年），頁 121～150。

246. 羅振玉：《增訂殷虛書契考釋》，臺北：藝文印書館，1981 年。

247. 羅振玉撰：《殷虛書契考釋三種》，北京：中華書局，2006 年。

248. 鍾兆華：《尉繚子校注》，河南：中州書畫社，1982 年。

249. 鍾柏生、黃銘崇、陳昭容、袁師國華編：《新收殷周青銅器銘文暨器影彙編》，臺北：藝文印書館，2006 年。

250. 嚴志斌、謝堯亭：〈格姬簋銘研究〉，《中國國家博物館館刊》第 9 期（2023 年），頁 74〜79。

251. 蘇師建洲：〈《上博楚簡（四）》考釋六則〉，載中國文字編輯委員會編：《中國文字》新 31 期（臺北：萬卷樓圖書股份有限公司，2006 年），頁 155。

252. 蘇師建洲：《《上博楚竹書》文字及相關問題研究》，臺北：萬卷樓圖書股份有限公司，2008 年。

253. 蘇師建洲：〈戰國文字「殷」字補釋〉，復旦網，（2011 年 6 月 30 日）。取自 http://www.fdgwz.org.cn/Web/Show/1574。

254. 蘇師建洲：《楚文字論集》，臺北：萬卷樓圖書股份有限公司，2011 年。

255. 蘇師建洲：〈《上博五・弟子問》研究〉，《中央研究院歷史語言研究所集刊》第 83 本第 2 分（2012 年），頁 185〜228。

256. 蘇師建洲、吳雯雯、賴怡璇合著：《清華二《繫年》集解》，臺北：萬卷樓圖書股份有限公司，2013 年。

257. 蘇師建洲：〈《清華六》文字補釋〉，武漢網，（2016 年 4 月 20 日）。取自 http://www.bsm.org.cn/?chujian/6684.html。

258. 蘇師建洲：〈試論「禼」字源流及其相關問題〉，載李宗焜主編：《古文字與古代史》第 5 輯（臺北：中央研究院歷史語言研究所，2017 年），頁 545〜573。

259. 蘇師建洲：〈安大簡《詩經》字詞柬釋〉，載季旭昇編：《孔壁遺文二集》上冊（新北：花木蘭文化事業有限公司，2023 年），頁 33〜44。

三、網路資料

1. 武漢網簡帛論壇：〈安大簡《曹沫之陳》初讀〉。取自 http://www.bsm.org.cn/forum/forum.php?mod=viewthread&tid=12728&extra=&page=1。

附錄一　字形對照表

上博簡					
安大簡					
隸　定	上：魯 安：魯	上：娍 安：娍	上：公 安：公	上：牰 安：牰	上：爲 安：爲
上博簡					
安大簡					
隸　定	上：大 安：大	上：鐘 安：鐘			

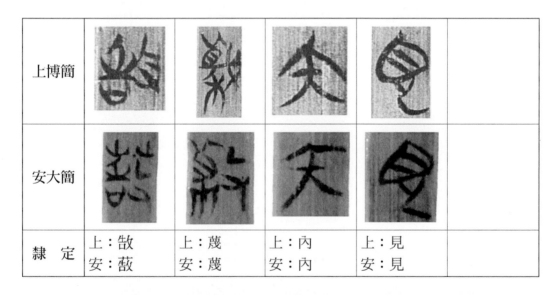

上博簡					
安大簡					
隷　定	上：型 安：型	上：既 安：既	上：成 安：成	上：矣 安：矣	

上博簡					
安大簡					
隷　定	上：敓 安：敓	上：蔑 安：蔑	上：內 安：內	上：見 安：見	

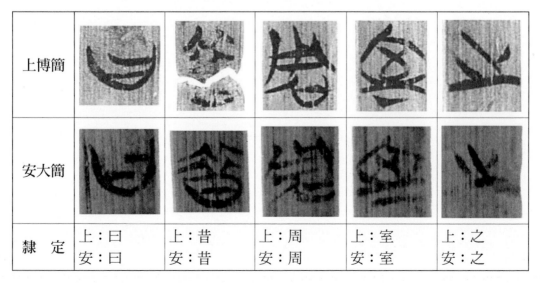

上博簡					
安大簡					
隷　定	上：曰 安：曰	上：昔 安：昔	上：周 安：周	上：室 安：室	上：之 安：之

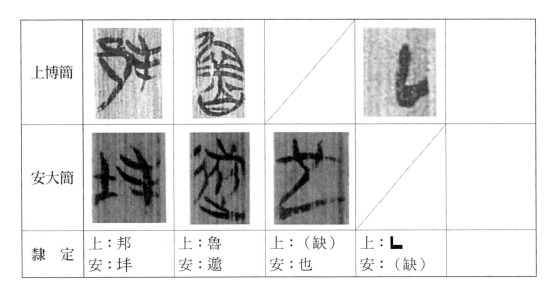

上博簡				
安大簡				
隸　定	上：邦 安：垟	上：魯 安：遜	上：（缺） 安：也	上：∟ 安：（缺）

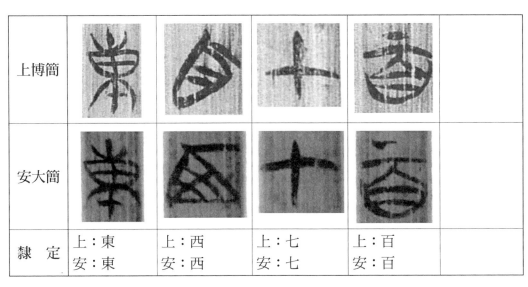

上博簡				
安大簡				
隸　定	上：東 安：東	上：西 安：西	上：七 安：七	上：百 安：百

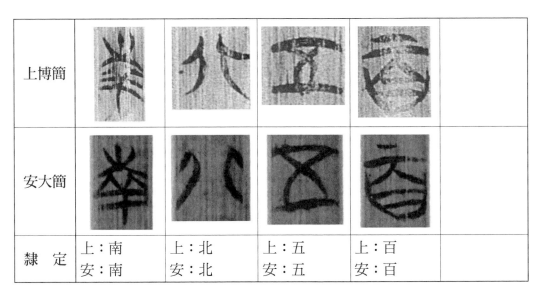

上博簡				
安大簡				
隸　定	上：南 安：南	上：北 安：北	上：五 安：五	上：百 安：百

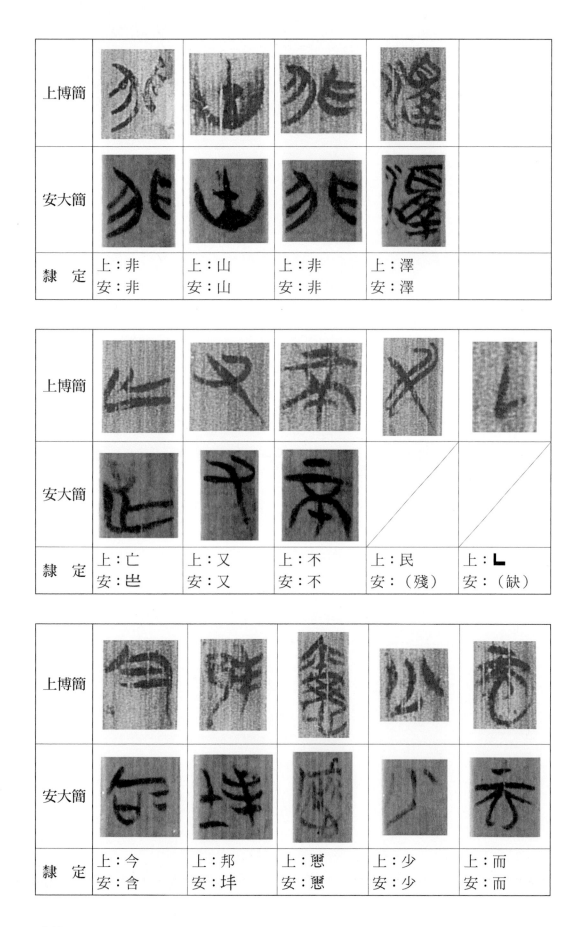

上博簡					
安大簡					
隸　定	上：非 安：非	上：山 安：山	上：非 安：非	上：澤 安：澤	

上博簡					
安大簡					
隸　定	上：亡 安：㞢	上：又 安：又	上：不 安：不	上：民 安：（殘）	上：乚 安：（缺）

上博簡					
安大簡					
隸　定	上：今 安：含	上：邦 安：坺	上：懇 安：懇	上：少 安：少	上：而 安：而

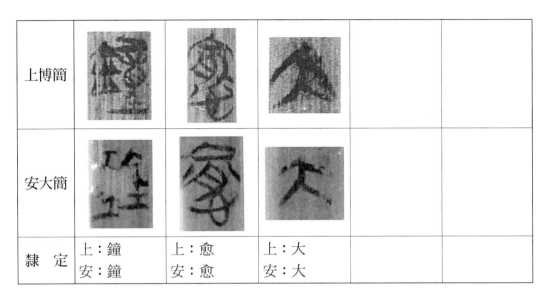

上博簡				
安大簡				
隸　定	上：鐘 安：鐘	上：愈 安：愈	上：大 安：大	

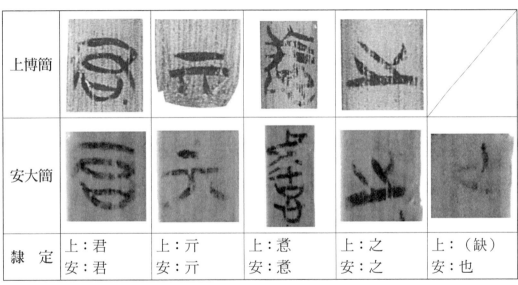

上博簡					
安大簡					
隸　定	上：君 安：君	上：亓 安：亓	上：悥 安：悥	上：之 安：之	上：（缺） 安：也

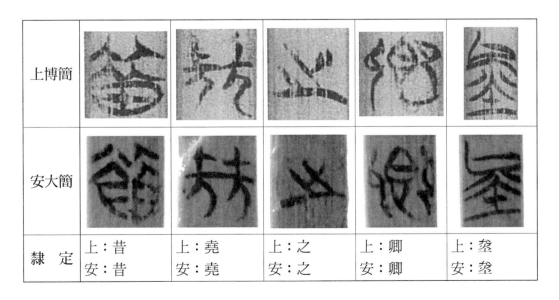

上博簡					
安大簡					
隸　定	上：昔 安：昔	上：堯 安：堯	上：之 安：之	上：卿 安：卿	上：㤅 安：㤅

上博簡				
安大簡				
隸　定	上：也 安：也			

上博簡				
安大簡				
隸　定	上：飯 安：飯	上：於 安：於	上：土 安：土	上：輖 安：軜

上博簡				
安大簡				
隸　定	上：欲 安：歔	上：於 安：於	上：土 安：土	上：型 安：型

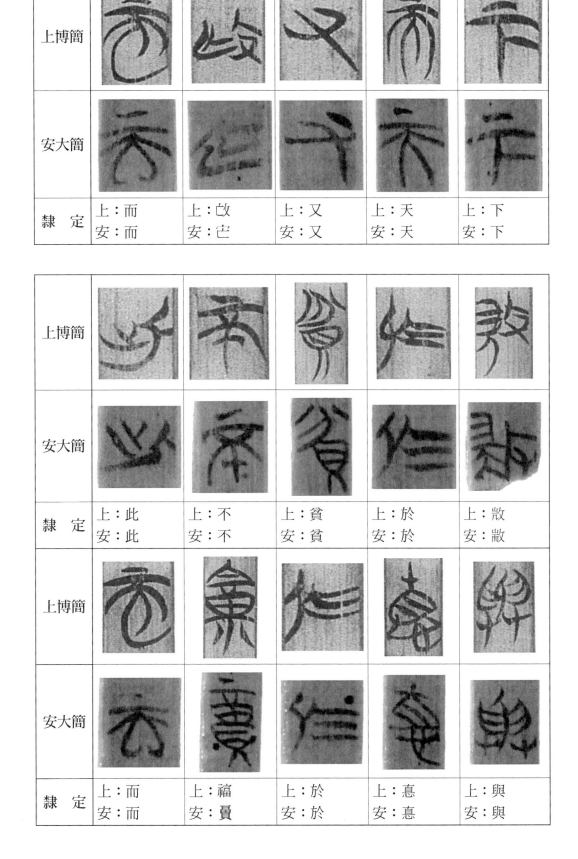

上博簡					
安大簡					
隸　定	上：而 安：而	上：改 安：亡	上：又 安：又	上：天 安：天	上：下 安：下
上博簡					
安大簡					
隸　定	上：此 安：此	上：不 安：不	上：貧 安：貧	上：於 安：於	上：敓 安：斂
上博簡					
安大簡					
隸　定	上：而 安：而	上：福 安：膚	上：於 安：於	上：惪 安：惪	上：與 安：與

上博簡					
安大簡					
隸　定	上：昔 安：昔	上：周 安：周	上：（殘） 安：室	上：又 安：又	上：戒 安：戒
上博簡					
安大簡					
隸　定	上：言 安：言	上：曰 安：曰			

上博簡					
安大簡					
隸　定	上：牂 安：牂	上：尔 安：尔	上：正 安：正	上：祗 安：祗	

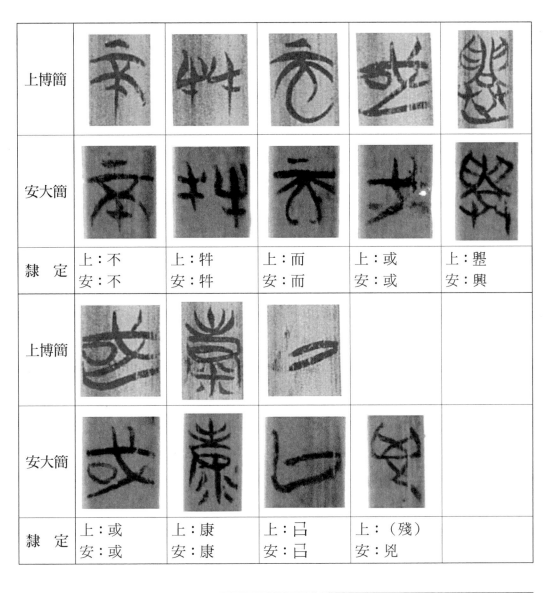

上博簡					
安大簡					
隸 定	上：不 安：不	上：牪 安：牪	上：而 安：而	上：或 安：或	上：覨 安：興
上博簡					
安大簡					
隸 定	上：或 安：或	上：康 安：康	上：吕 安：吕	上：（殘） 安：兒	

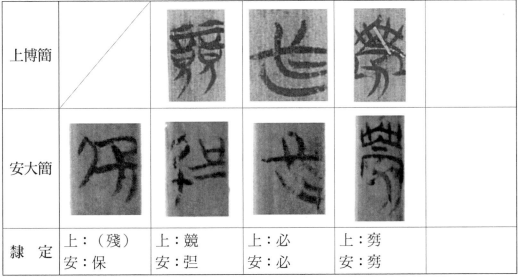

上博簡					
安大簡					
隸 定	上：（殘） 安：保	上：競 安：弨	上：必 安：必	上：夗 安：夗	

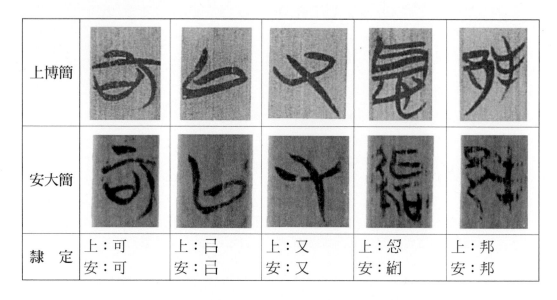

上博簡					
安大簡					
隸　定	上：可 安：可	上：吕 安：吕	上：又 安：又	上：惄 安：絢	上：邦 安：邦

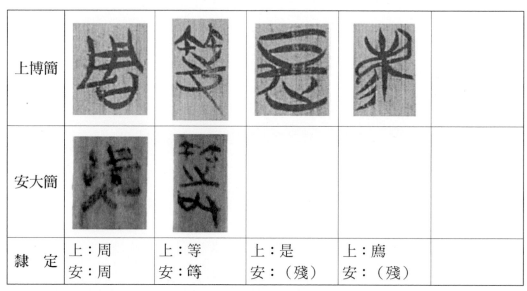

上博簡					
安大簡					
隸　定	上：周 安：周	上：等 安：等	上：是 安：（殘）	上：鷹 安：（殘）	

上博簡					
安大簡					
隸　定	上：臧 安：（殘）	上：公 安：（殘）	上：曰 安：（殘）		

上博簡					
安大簡					
隸　定	上：今 安：（殘）	上：天 安：（殘）	上：下 安：（殘）	上：之 安：（殘）	上：君 安：（殘）
上博簡					
安大簡					
隸　定	上：子 安：（殘）	上：既 安：（殘）	上：可 安：（殘）	上：智 安：（殘）	上：巳 安：（殘）

上博簡					
安大簡					
隸　定	上：篙 安：（殘）	上：能 安：（殘）	上：并 安：（殘）	上：兼 安：（殘）	上：人 安：（殘）
上博簡					

安大簡				
隸　定	上：才 安：（殘）			

上博簡				
安大簡				
隸　定	上：啟 安：（殘）	上：薹 安：（殘）	上：曰 安：（殘）	

上博簡				
安大簡				
隸　定	上：君 安：（殘）	上：亓 安：（殘）	上：毋 安：（殘）	上：員 安：（殘）

上博簡				
安大簡				
隸　定	上：臣 安：（殘）	上：翻 安：（殘）	上：之 安：（殘）	上：曰 安：（殘）

上博簡					
安大簡					
隸　定	上：嚚 安：（殘）	上：邦 安：（殘）	上：之 安：（殘）	上：君 安：（殘）	上：明 安：（殘）

上博簡					
安大簡					
隸　定	上：則 安：（殘）	上：不 安：（殘）	上：可 安：（殘）	上：弖 安：（殘）	上：不 安：（殘）
上博簡					
安大簡					
隸　定	上：攸 安：（殘）	上：政 安：（殘）	上：而 安：（殘）	上：善 安：（殘）	上：於 安：（殘）
上博簡					

安大簡					
隸　定	上：民 安：（殘）				

上博簡					
安大簡					
隸　定	上：不 安：（殘）	上：肰 安：（殘）			

上博簡					
安大簡					
隸　定	上：忎 安：（殘）	上：亡 安：（殘）	上：女 安：（殘）		

上博簡					
安大簡					

隸　定	上：叟 安：（殘）	上：邦 安：（殘）	上：之 安：（殘）	上：君 安：（殘）	上：亡 安：（殘）
上博簡	（圖）				
安大簡					
隸　定	上：道 安：（殘）				

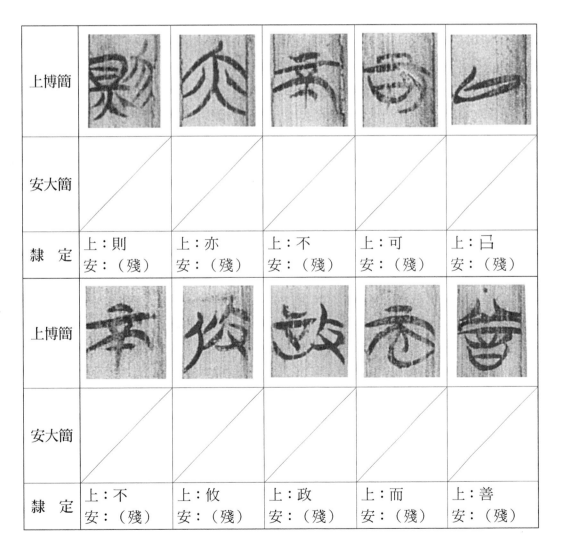

上博簡	（圖）	（圖）	（圖）	（圖）	（圖）
安大簡					
隸　定	上：則 安：（殘）	上：亦 安：（殘）	上：不 安：（殘）	上：可 安：（殘）	上：呂 安：（殘）
上博簡	（圖）	（圖）	（圖）	（圖）	（圖）
安大簡					
隸　定	上：不 安：（殘）	上：攸 安：（殘）	上：政 安：（殘）	上：而 安：（殘）	上：善 安：（殘）

上博簡					
安大簡					
隸　定	上： 安：（殘）	上：民 安：（殘）			

上博簡					
安大簡					
隸　定	上：不 安：（殘）	上：肰 安：（殘）			

上博簡					
安大簡					
隸　定	上：亡 安：（殘）	上：呂 安：（殘）	上：取 安：（殘）	上：之 安：（殘）	

上博簡	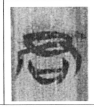				
安大簡					
隸　定	上：臧 安：（殘）	上：公 安：（殘）	上：曰 安：（殘）		

上博簡					
安大簡					
隸　定	上：昔 安：（殘）	上：沱 安：（殘）	上：胊 安：（殘）	上：語 安：（殘）	上：募 安：（殘）
上博簡					
安大簡					
隸　定	上：人 安：（殘）	上：曰 安：（殘）			

上博簡					

安大簡					
隸　定	上：君 安：（殘）	上：子 安：（殘）	上：旻 安：（殘）	上：之 安：（殘）	上：遊 安：（殘）
上博簡	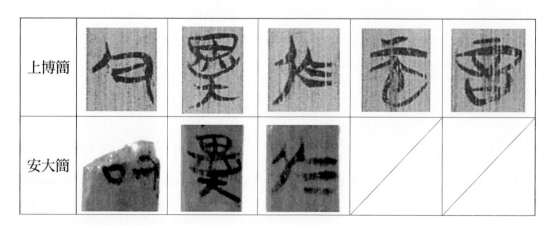				
安大簡					
隸　定	上：之 安：（殘）				

上博簡					
安大簡					
隸　定	上：天 安：（殘）	上：命 安：（殘）	上： 安：（殘）		

上博簡					
安大簡					

隸　定	上：今 安：含	上：異 安：異	上：於 安：於	上：而 安：（殘）	上：言 安：（殘）
上博簡	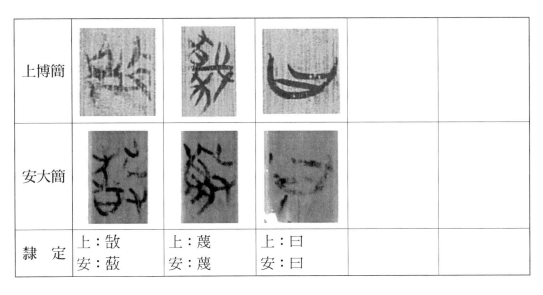				
安大簡					
隸　定	上：L 安：（缺）				

上博簡	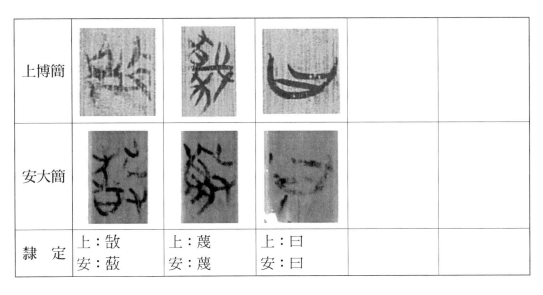				
安大簡					
隸　定	上：攲 安：菣	上：薎 安：薎	上：曰 安：曰		

上博簡		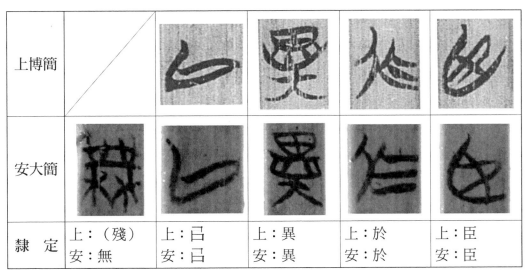			
安大簡					
隸　定	上：（殘） 安：無	上：吕 安：吕	上：異 安：異	上：於 安：於	上：臣 安：臣

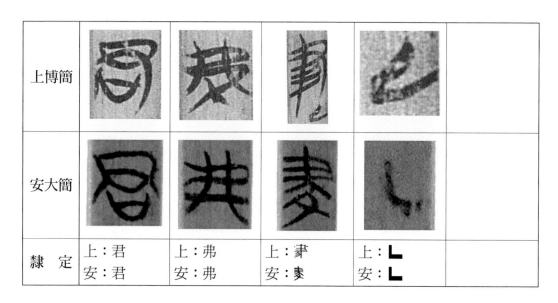

上博簡				
安大簡				
隸　定	上：君 安：君	上：弗 安：弗	上：𦙝 安：麥	上：ㄴ 安：ㄴ

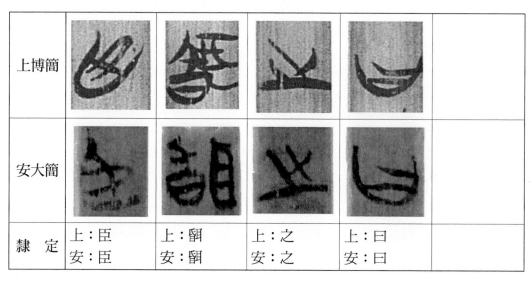

上博簡				
安大簡				
隸　定	上：臣 安：臣	上：誯 安：誯	上：之 安：之	上：曰 安：曰

上方表格（上博簡／安大簡／隸定）：

上博簡			
安大簡			
隸　定	上：之 安：之	上：言 安：言	上：（缺） 安：也

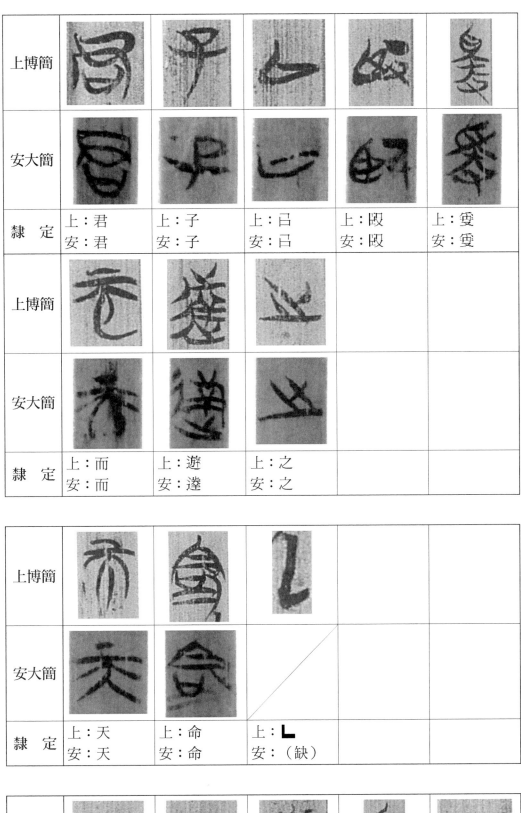

上博簡					
安大簡					
隸　定	上：君 安：君	上：子 安：子	上：呂 安：呂	上：叚 安：叚	上：夑 安：夑
上博簡					
安大簡					
隸　定	上：而 安：而	上：遊 安：逄	上：之 安：之		
上博簡					
安大簡					
隸　定	上：天 安：天	上：命 安：命	上：∟ 安：（缺）		

上博簡	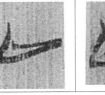				

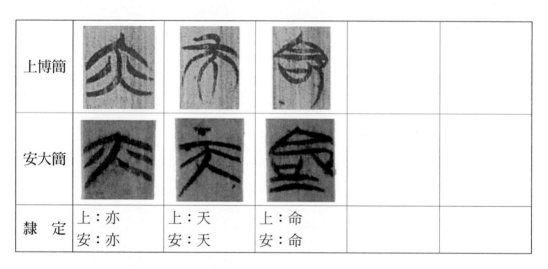

安大簡					
隸　定	上：吕 安：吕	上：亡 安：無	上：道 安：道	上：愛 安：愛	上：而 安：天
上博簡					
安大簡					
隸　定	上：戛 安：戛	上：身 安：身	上：遝 安：遝	上：羌 安：殢	

上博簡					
安大簡					
隸　定	上：亦 安：亦	上：天 安：天	上：命 安：命		

上博簡					
安大簡					

| 隸　定 | 上：不
安：不 | 上：胅
安：胅 | | | |

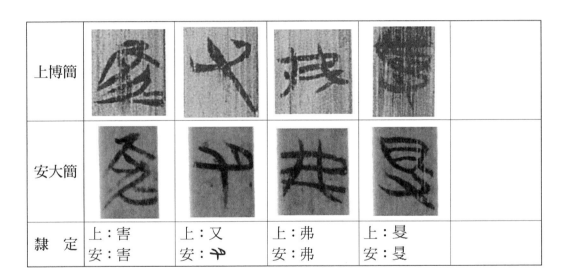

上博簡					
安大簡					
隸　定	上：君 安：孚=	上：子 安：（缺）	上：吕 安：吕	上：叚 安：叚	上：燮 安：燮

上博簡					
安大簡					
隸　定	上：害 安：害	上：又 安：屮	上：弗 安：弗	上：旻 安：旻	

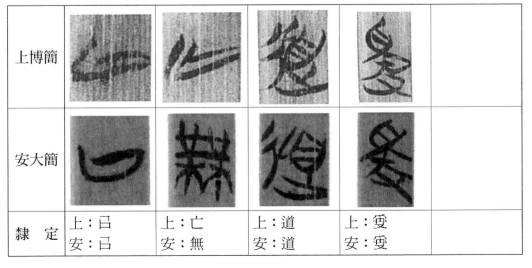

上博簡					
安大簡					
隸　定	上：吕 安：吕	上：亡 安：無	上：道 安：道	上：燮 安：燮	

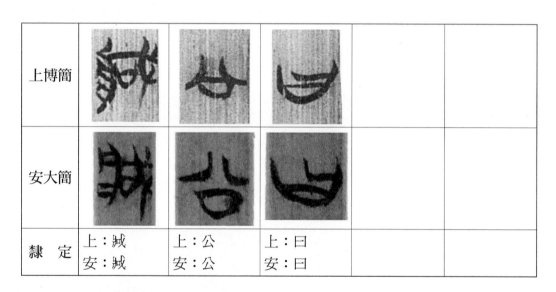

上博簡					
安大簡					
隸　定	上：害 安：害	上：又 安：又	上：弗 安：弗	上：逢 安：逢	上：▙ 安：（缺）

上博簡			
安大簡			
隸　定	上：臧 安：臧	上：公 安：公	上：曰 安：曰

上博簡		
安大簡		
隸　定	上：曼 安：�	上：才 安：才

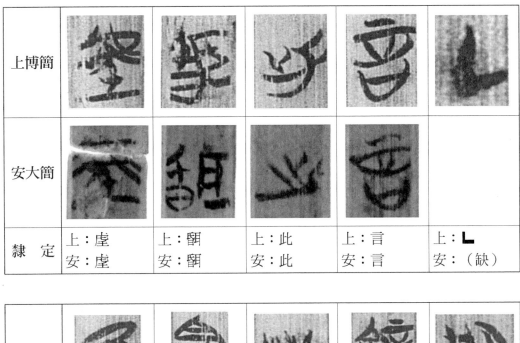

隸定	上：虐 安：虐	上：𦥍 安：𦥍	上：此 安：此	上：言 安：言	上：∟ 安：（缺）

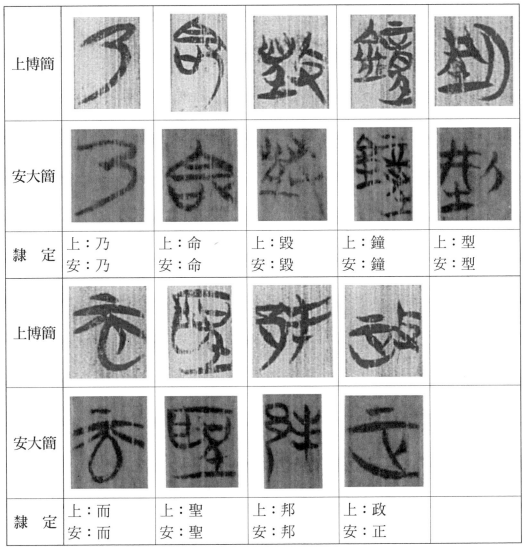

隸定	上：乃 安：乃	上：命 安：命	上：毀 安：毀	上：鐘 安：鐘	上：型 安：型

隸定	上：而 安：而	上：聖 安：聖	上：邦 安：邦	上：政 安：正	

上博簡					
安大簡					
隸　定	上：不 安：不	上：畫 安：畫	上：帛 安：戠		

上博簡					
安大簡					
隸　定	上：不 安：不	上：歠＝ 安：酓＝			

上博簡					
安大簡					
隸　定	上：不 安：不	上：聖 安：聖	上：樂 安：樂		

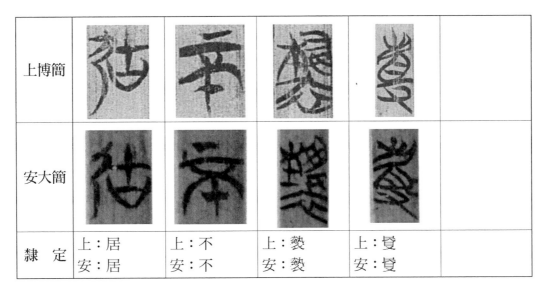

上博簡					
安大簡					
隸　定	上：居 安：居	上：不 安：不	上：槷 安：槷	上：叟 安：叟	

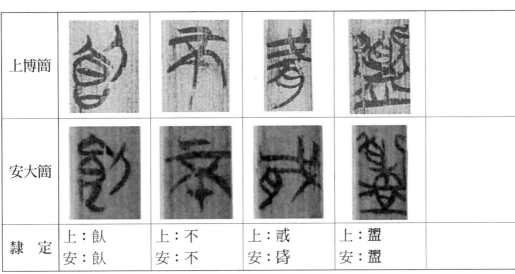

上博簡					
安大簡					
隸　定	上：飲 安：飲	上：不 安：不	上：戠 安：骼	上：盥 安：盥	

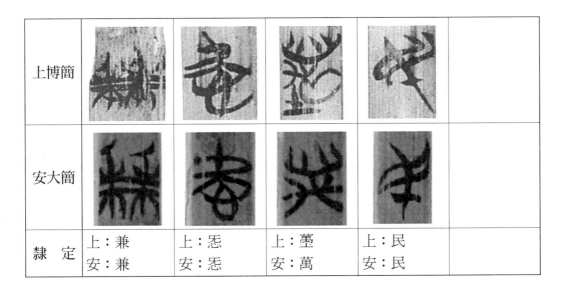

上博簡					
安大簡					
隸　定	上：兼 安：兼	上：悉 安：悉	上：莖 安：萬	上：民 安：民	

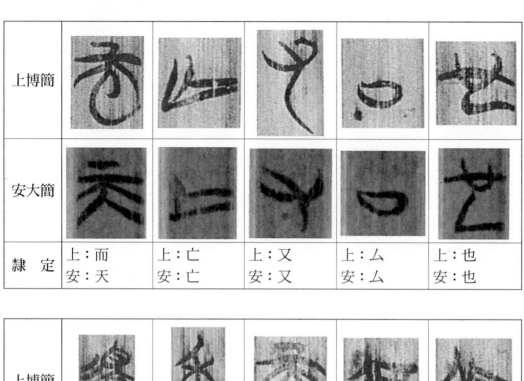

上博簡					
安大簡					
隸 定	上：而 安：天	上：亡 安：亡	上：又 安：又	上：厶 安：厶	上：也 安：也

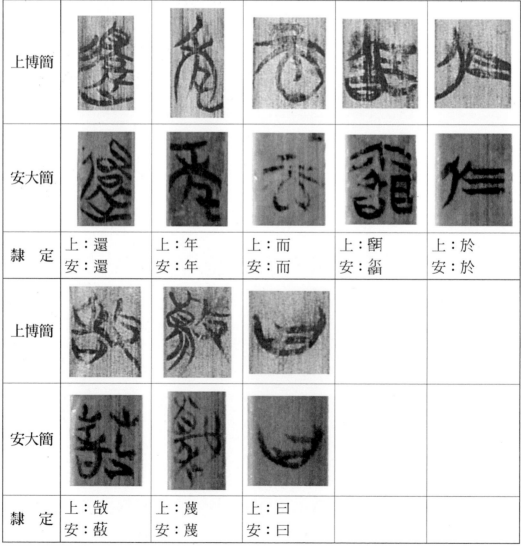

上博簡					
安大簡					
隸 定	上：還 安：還	上：年 安：年	上：而 安：而	上：𣤶 安：𣤶	上：於 安：於
上博簡					
安大簡					
隸 定	上：敓 安：敔	上：蔑 安：蔑	上：曰 安：曰		

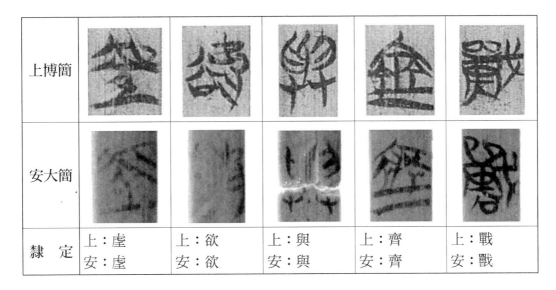

上博簡					
安大簡					
隸　定	上：虐 安：虐	上：欲 安：欲	上：與 安：與	上：齊 安：齊	上：戩 安：戩

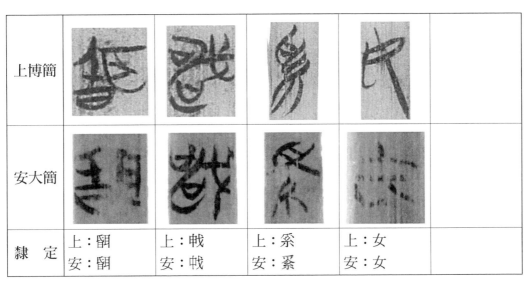

上博簡				
安大簡				
隸　定	上：䎦 安：䎦	上：戕 安：戕	上：紊 安：紊	上：女 安：女

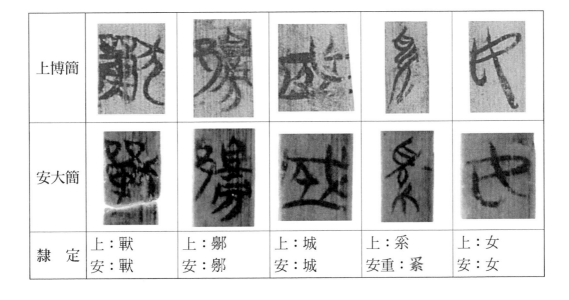

上博簡					
安大簡					
隸　定	上：戩 安：戩	上：鄩 安：鄩	上：城 安：城	上：紊 安重：紊	上：女 安：女

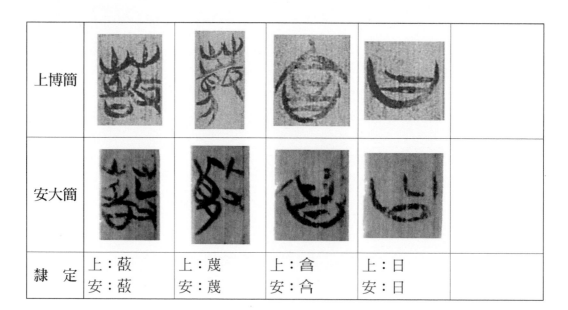

上博簡				
安大簡				
隸　定	上：敆 安：敆	上：蔑 安：蔑	上：倉 安：倉	上：日 安：日

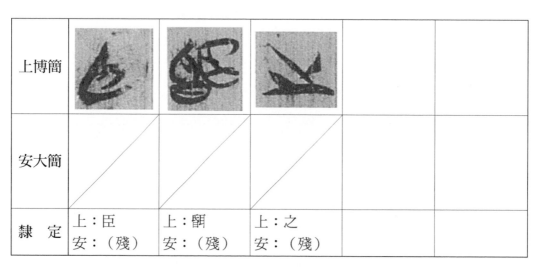

上博簡			
安大簡			
隸　定	上：臣 安：（殘）	上：翻 安：（殘）	上：之 安：（殘）

上博簡			
安大簡			
隸　定	上：又 安：（殘）	上：固 安：（殘）	上：慰 安：（殘）

上博簡					
安大簡					
隸　定	上：而 安：（殘）	上：亡 安：（殘）	上：固 安：（殘）	上：城 安：（殘）	

上博簡					
安大簡					
隸　定	上：又 安：（殘）	上：克 安：（殘）	上：正 安：（殘）	上：而 安：（殘）	上：亡 安：（殘）
上博簡					
安大簡					
隸　定	上：克 安：（殘）	上：䦠 安：（殘）			

上博簡					

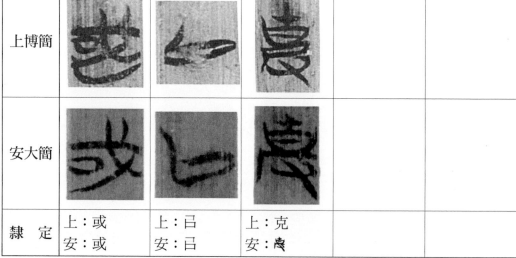

安大簡					
隸　　定	上：三 安：三	上：弌 安：弌	上：之 安：之	上：戠 安：戠	上：皆 安：𦥯
上博簡					
安大簡					
隸　　定	上：廌 安：廌				
上博簡					
安大簡					
隸　　定	上：或 安：或	上：吕 安：吕	上：克 安：𠄌		
上博簡					

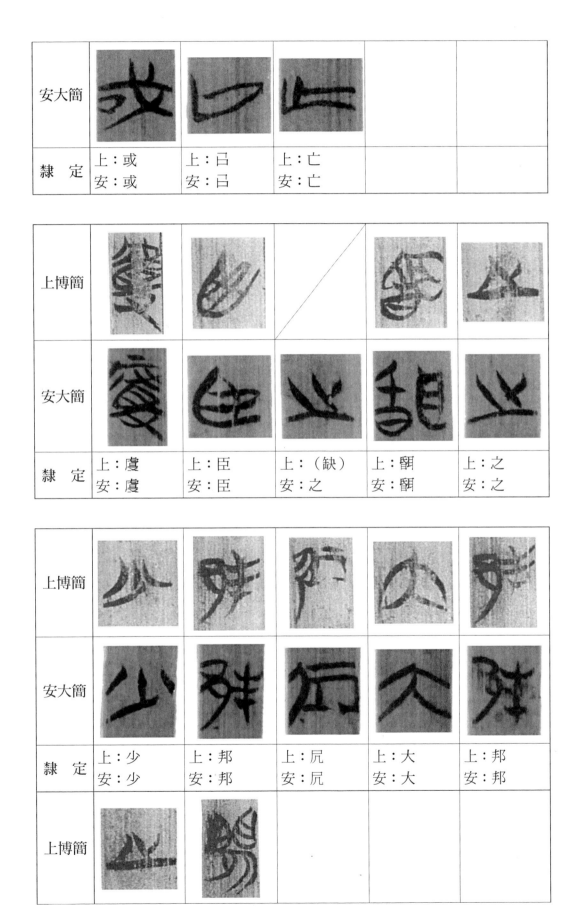

安大簡				
隸 定	上：或 安：或	上：吕 安：吕	上：亡 安：亡	

上博簡					
安大簡					
隸 定	上：虔 安：虔	上：臣 安：臣	上：（缺） 安：之	上：馰 安：馰	上：之 安：之

上博簡					
安大簡					
隸 定	上：少 安：少	上：邦 安：邦	上：尻 安：尻	上：大 安：大	上：邦 安：邦
上博簡					

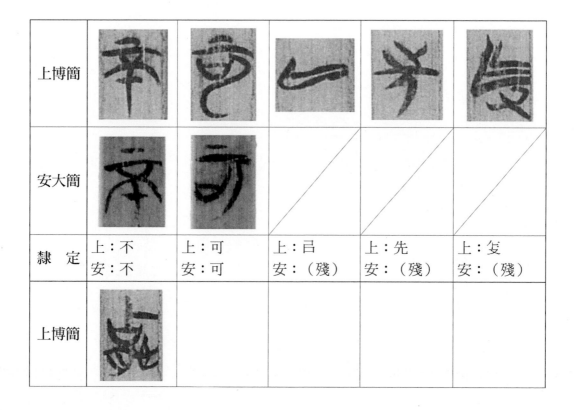

安大簡				
隸　定	上：之 安：之	上：闕 安：闕		

上博簡				
安大簡				
隸　定	上：啻 安：啻	上：邦 安：邦	上：交 安：立	上：陞 安：陀

上博簡				
安大簡				
隸　定	上：不 安：不	上：可 安：可	上：吕 安：（殘）	上：先 安：（殘）	上：复 安：（殘）
上博簡				

安大簡					
隸　定	上：悄 安：（殘）				

上博簡					
安大簡					
隸　定	上：疆 安：（殘）	上：埜 安：（殘）	上：母 安：（殘）	上：先 安：（殘）	上：而 安：（殘）
上博簡					
安大簡					
隸　定	上：必 安：（殘）	上：取 安：（殘）	上：（殘） 安：（殘）	上：玄 安：玄	

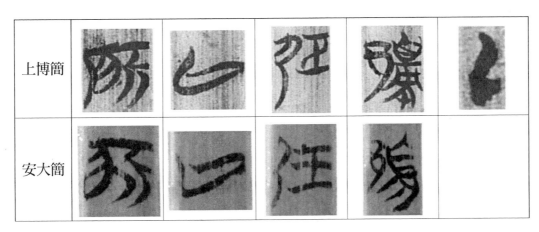

上博簡					
安大簡					

隸　定	上：所 安：所	上：吕 安：吕	上：伝 安：任	上：鄡 安：𩰹	上：乚 安：（缺）

上博簡					
安大簡					
隸　定	上：母 安：毌	上：惡 安：䛐	上：貨 安：貨	上：資 安：贅	上：子 安：子
上博簡					
安大簡					
隸　定	上：女 安：女				

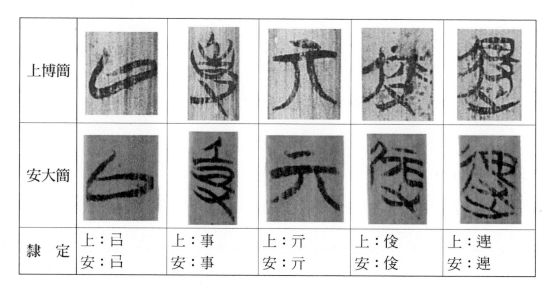

上博簡					
安大簡					
隸　定	上：吕 安：吕	上：事 安：事	上：亓 安：亓	上：俊 安：俊	上：連 安：連

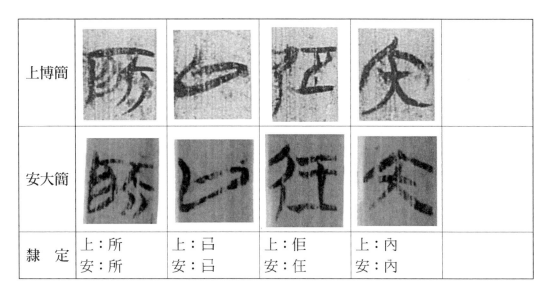

上博簡				
安大簡				
隸　定	上：所 安：所	上：吕 安：吕	上：佢 安：任	上：內 安：內

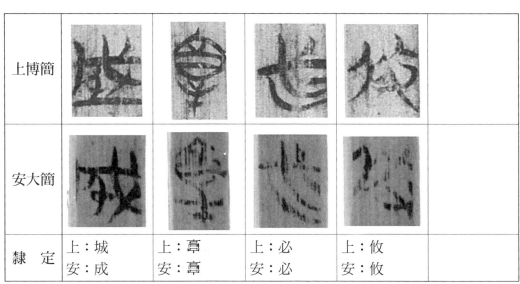

上博簡				
安大簡				
隸　定	上：城 安：成	上：亯 安：亯	上：必 安：必	上：攸 安：攸

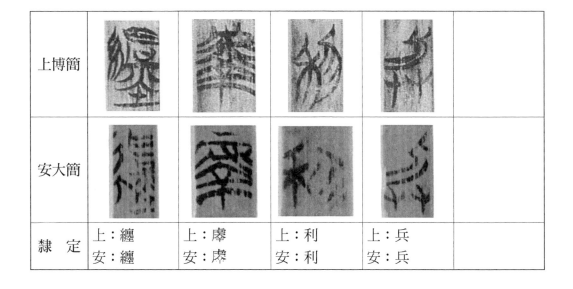

上博簡				
安大簡				
隸　定	上：纏 安：纏	上：麞 安：麞	上：利 安：利	上：兵 安：兵

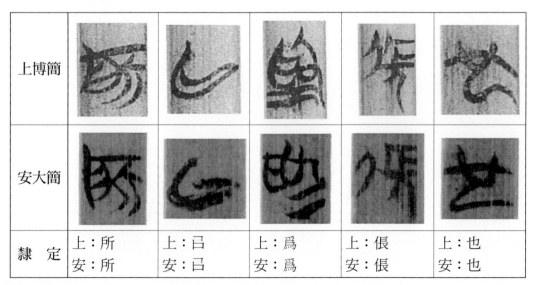

上博簡				
安大簡				
隸　定	上：必 安：必	上：又 安：又	上：戩 安：戩	上：心 安：心	上：吕 安：吕
上博簡				
安大簡				
隸　定	上：獸 安：戩				

上博簡				
安大簡				
隸　定	上：所 安：所	上：吕 安：吕	上：爲 安：爲	上：倀 安：倀	上：也 安：也

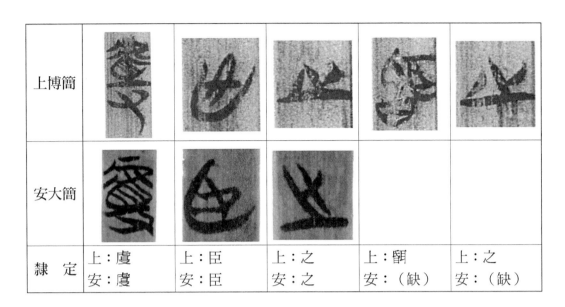

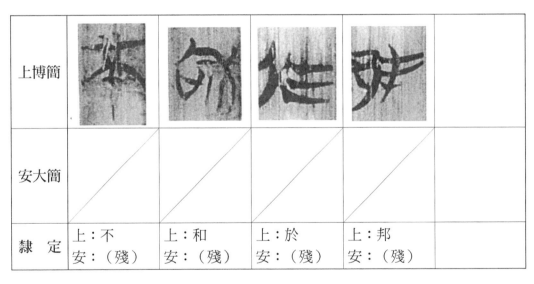

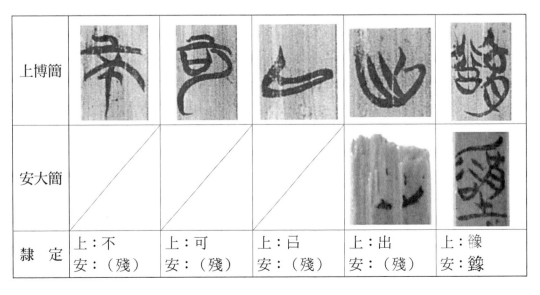

隸　定	上：虞 安：虞	上：臣 安：臣	上：之 安：之	上：郢 安：（缺）	上：之 安：（缺）
隸　定	上：不 安：（殘）	上：和 安：（殘）	上：於 安：（殘）	上：邦 安：（殘）	
隸　定	上：不 安：（殘）	上：可 安：（殘）	上：吕 安：（殘）	上：出 安：（殘）	上：豫 安：豫

上博簡	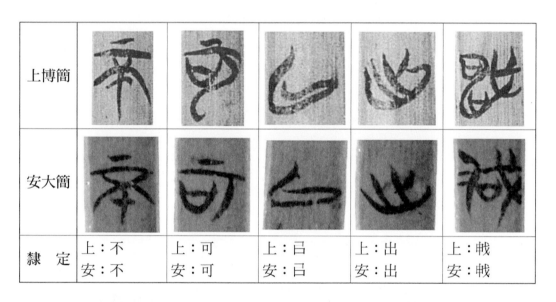				
安大簡					
隸　定	上：不 安：不	上：和 安：和	上：於 安：於	上：餘 安：餘	

上博簡	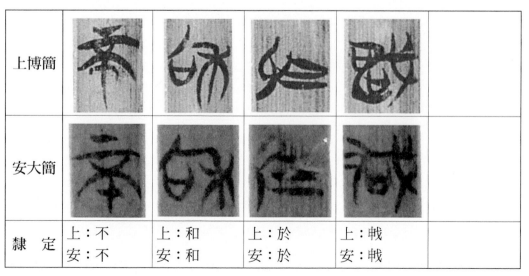				
安大簡					
隸　定	上：不 安：不	上：可 安：可	上：吕 安：吕	上：出 安：出	上：戩 安：戩

上博簡				
安大簡				
隸　定	上：不 安：不	上：和 安：和	上：於 安：於	上：戩 安：戩

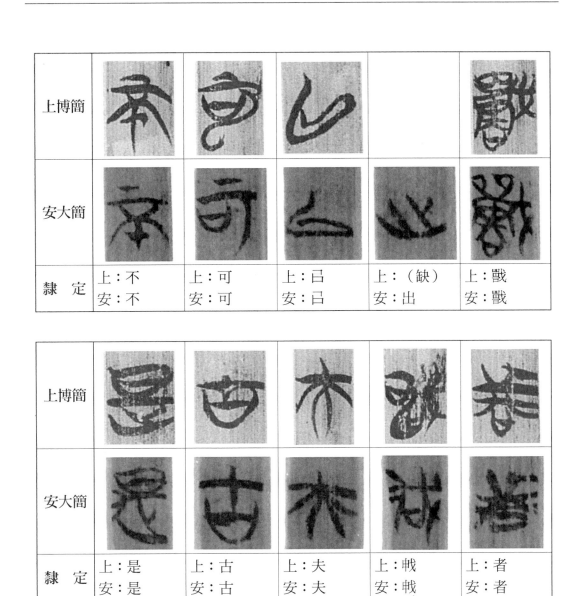

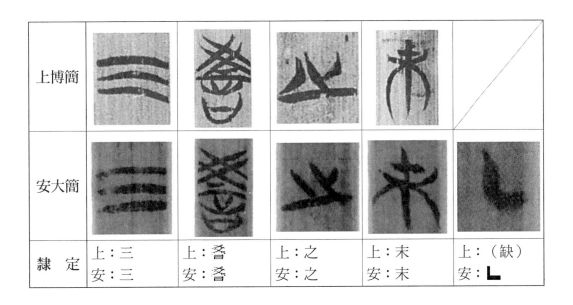

上博簡	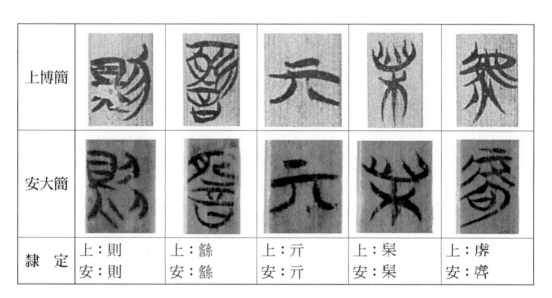				
安大簡					
隸　定	上：君 安：君	上：必 安：必	上：不 安：不	上：巳 安：巳	上：（缺） 安：L

上博簡					
安大簡					
隸　定	上：則 安：則	上：慇 安：慇	上：亓 安：亓	上：杲 安：杲	上：虖 安：虖

上博簡	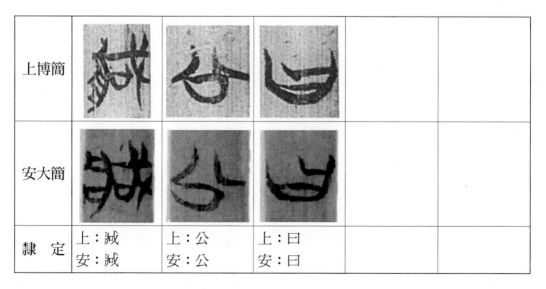				
安大簡					
隸　定	上：臧 安：臧	上：公 安：公	上：曰 安：曰		

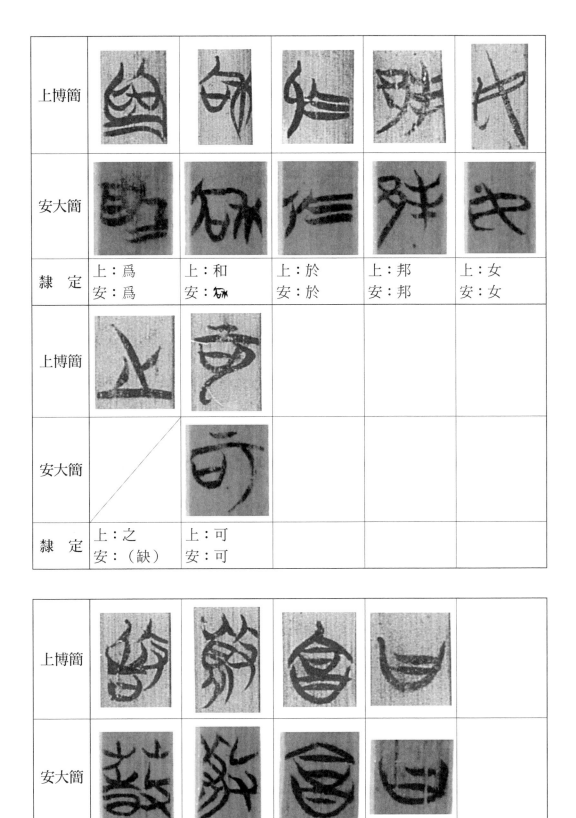

上博簡					
安大簡					
隸　定	上：爲 安：爲	上：和 安：和	上：於 安：於	上：邦 安：邦	上：女 安：女
上博簡					
安大簡					
隸　定	上：之 安：（缺）	上：可 安：可			

上博簡					
安大簡					
隸　定	上：敂 安：敂	上：蔑 安：蔑	上：會 安：會	上：曰 安：曰	

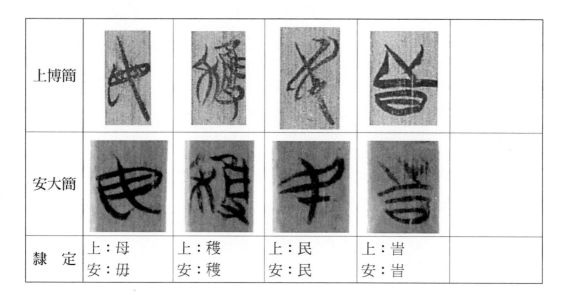

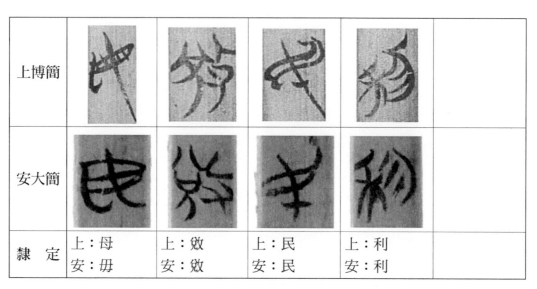

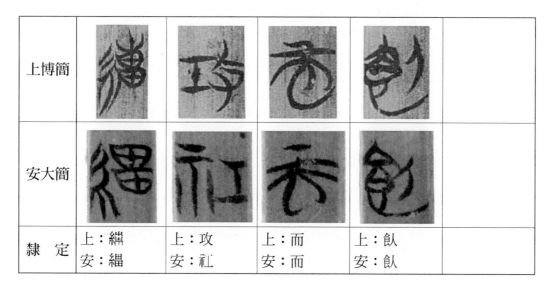

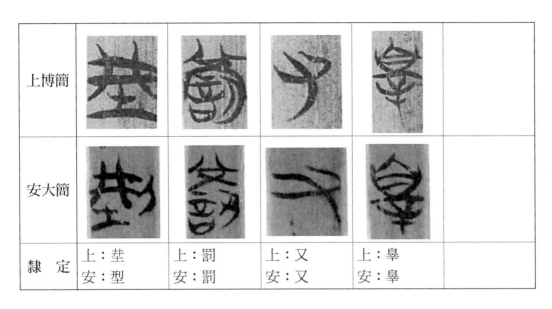

上博簡				
安大簡				
隸　定	上：坴 安：型	上：罰 安：罰	上：又 安：又	上：皋 安：皋	

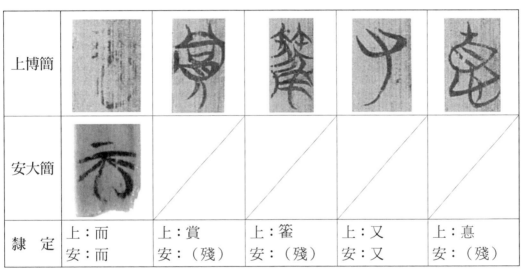

上博簡					
安大簡					
隸　定	上：而 安：而	上：賞 安：（殘）	上：箮 安：（殘）	上：又 安：又	上：惪 安：（殘）

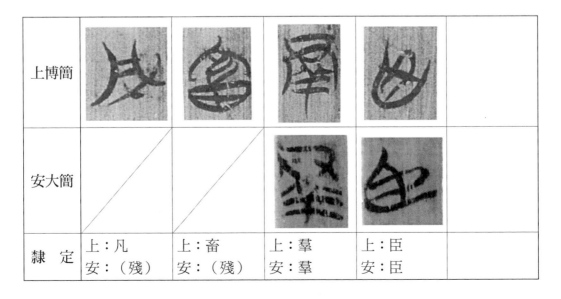

上博簡				
安大簡				
隸　定	上：凡 安：（殘）	上：畜 安：（殘）	上：羣 安：羣	上：臣 安：臣	

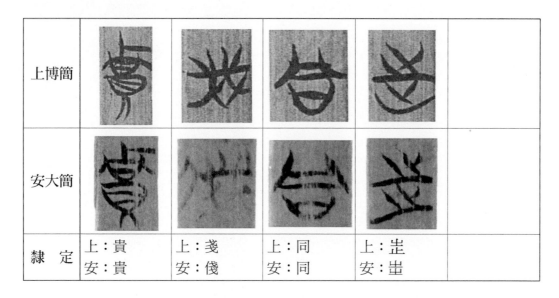

上博簡				
安大簡				
隸　定	上：貴 安：貴	上：戔 安：俴	上：同 安：同	上：屰 安：屵

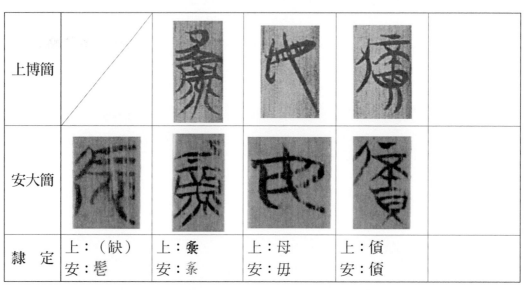

上博簡				
安大簡				
隸　定	上：（缺） 安：髡	上：彖 安：彖	上：母 安：毌	上：債 安：債

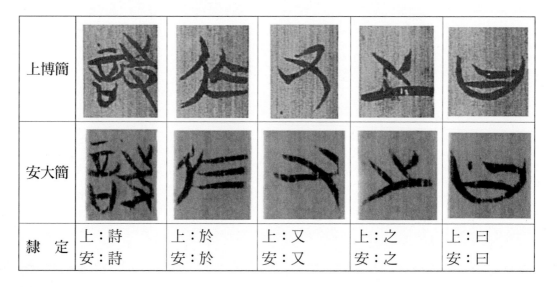

上博簡					
安大簡					
隸　定	上：詩 安：詩	上：於 安：於	上：又 安：又	上：之 安：之	上：曰 安：曰

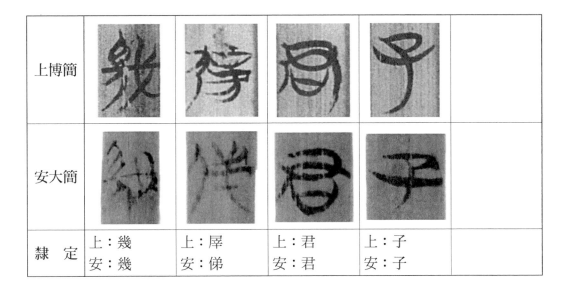

上博簡				
安大簡				
隸　定	上：幾 安：幾	上：犀 安：俤	上：君 安：君	上：子 安：子

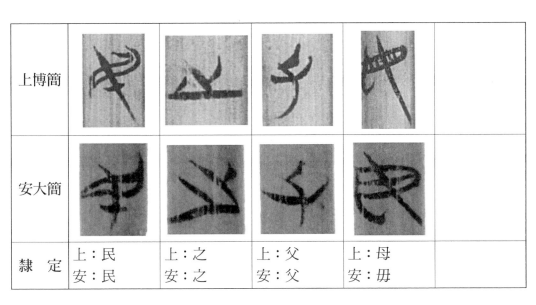

上博簡				
安大簡				
隸　定	上：民 安：民	上：之 安：之	上：父 安：父	上：母 安：毌

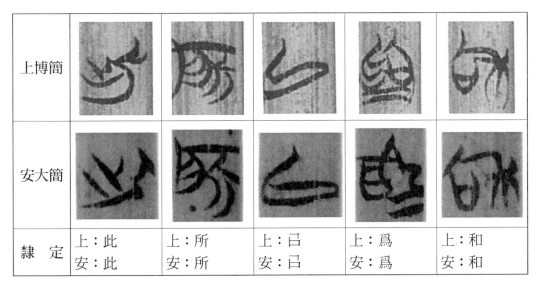

上博簡				
安大簡				
隸　定	上：此 安：此	上：所 安：所	上：吕 安：吕	上：爲 安：爲	上：和 安：和

上博簡	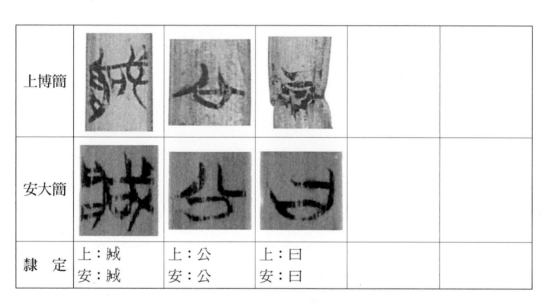				
安大簡					
隸　定	上：於 安：於	上：邦 安：邦	上：└ 安：（缺）		

上博簡					
安大簡					
隸　定	上：臧 安：臧	上：公 安：公	上：曰 安：曰		

上博簡	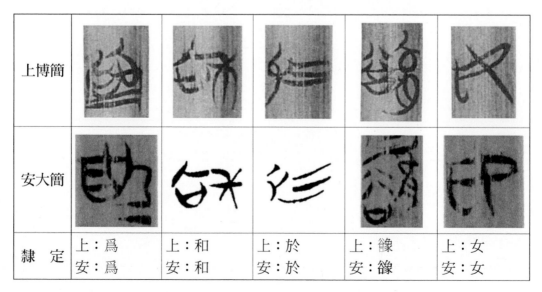				
安大簡					
隸　定	上：爲 安：爲	上：和 安：和	上：於 安：於	上：豫 安：豫	上：女 安：女

上博簡					
安大簡					
隸　定	上：（缺） 安：之	上：可 安：可			

上博簡					
安大簡					
隸　定	上：敔 安：敔	上：蔑 安：蔑	上：曰 安：曰		

上博簡					
安大簡					
隸　定	上：三 安：三	上：軍 安：軍	上：（缺） 安：大	上：出 安：出	

上博簡	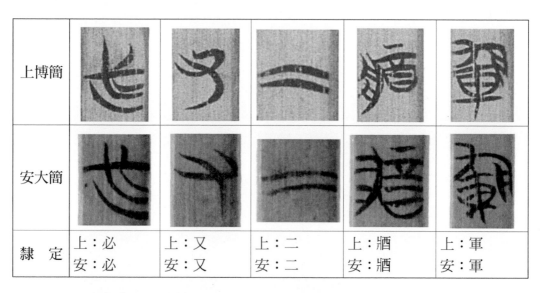				
安大簡					
隸　定	上：君 安：君	上：自 安：自	上：銜 安：銜		

上博簡					
安大簡					
隸　定	上：必 安：必	上：又 安：又	上：二 安：二	上：酒 安：酒	上：軍 安：軍

上博簡	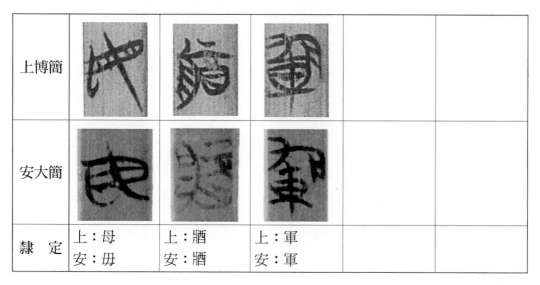			
安大簡				
隸　定	上：母 安：毋	上：酒 安：酒	上：軍 安：軍	

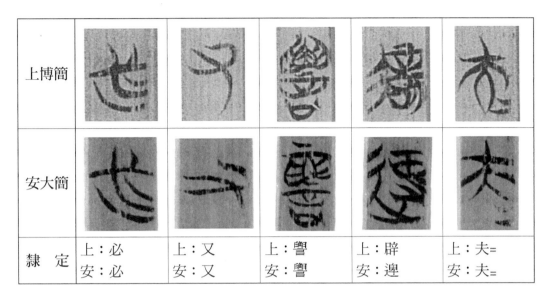

上博簡					
安大簡					
隸　定	上：必 安：必	上：又 安：又	上：舉 安：舉	上：辟 安：逴	上：夫= 安：夫=

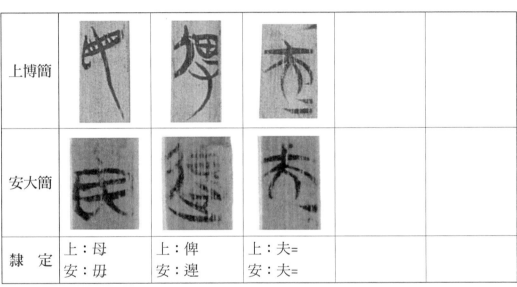

上博簡			
安大簡			
隸　定	上：母 安：毌	上：俾 安：逴	上：夫= 安：夫=

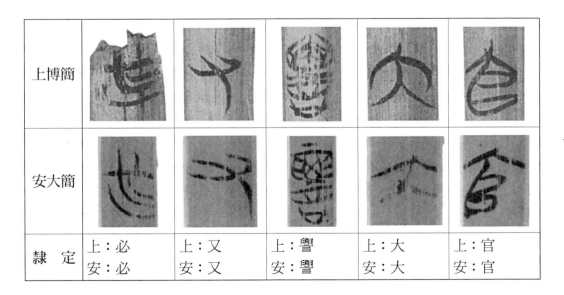

上博簡					
安大簡					
隸　定	上：必 安：必	上：又 安：又	上：舉 安：舉	上：大 安：大	上：官 安：官

上博簡				
安大簡				
隸定	上：之 安：之	上：帀 安：帀	上：公 安：公	上：孫 安：孫	上：公 安：公

上博簡				
安大簡				
隸定	上：子 安：子				

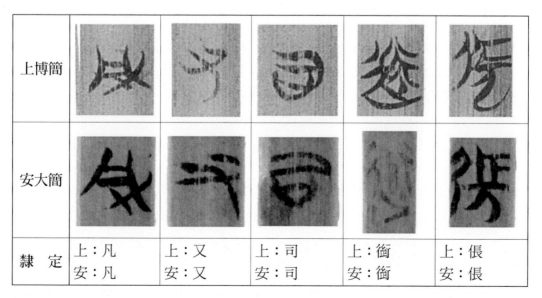

上博簡				
安大簡				
隸定	上：凡 安：凡	上：又 安：又	上：司 安：司	上：衛 安：衛	上：倀 安：倀

上博簡					
安大簡					
隸　　定	上：民 安：民	上：偖 安：者			

上博簡					
安大簡					
隸　　定	上：毌 安：毌	上：囡 安：角	上：籧 安：筐		

上博簡					
安大簡					
隸　　定	上：母 安：毌	上：佡 安：彳彳	上：軍 安：軍		

上博簡					
安大簡					
隸　定	上：母 安：而	上：辟 安：辟	上：皋 安：皋		

上博簡					
安大簡					
隸　定	上：甬 安：同	上：都 安：都	上：（缺） 安：而	上：喬 安：喬	上：於 安：於
上博簡					
安大簡					
隸　定	上：邦 安：邦				

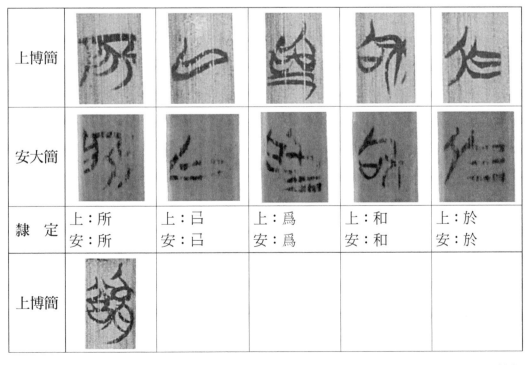

上博簡					
安大簡					
隸　定	上：則 安：則	上：亓 安：亓	上：會 安：會	上：之 安：之	上：不 安：不
上博簡					
安大簡					
隸　定	上：難 安：難				

上博簡					
安大簡					
隸　定	上：所 安：所	上：呂 安：呂	上：爲 安：爲	上：和 安：和	上：於 安：於
上博簡					

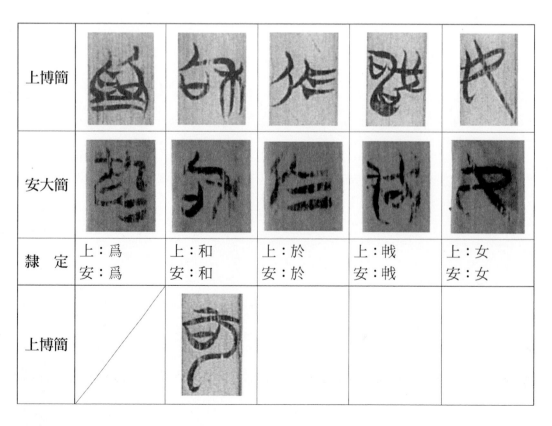

安大簡				
隸　定	上：豫 安：豫			

上博簡				
安大簡				
隸　定	上：牆 安：臧	上：公 安：公	上：或 安：或	上：郾 安：郾

上博簡				
安大簡				
隸　定	上：爲 安：爲	上：和 安：和	上：於 安：於	上：戋 安：戋	上：女 安：女
上博簡					

安大簡					
隸　定	上：（缺） 安：之	上：可 安：可			

上博簡					
安大簡					
隸　定	上：肣 安：肣	上：曰 安：曰	上：車 安：車	上：關 安：關	上：宏 安：宏
上博簡					
安大簡					
隸　定	上：俉＝ 安：伍＝	上：關 安：關	上：宏 安：宏	上：兵 安：兵	

上博簡					

安大簡					
隸　定	上：貴 安：貴	上：立 安：位	上：至 安：至	上：飤 安：飤	

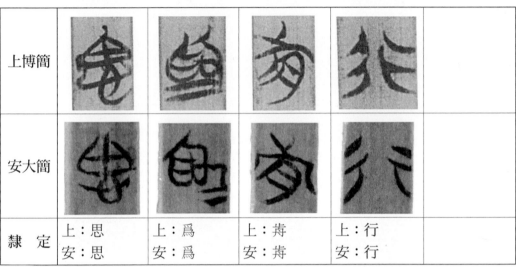

上博簡					
安大簡					
隸　定	上：思 安：思	上：爲 安：爲	上：梼 安：梼	上：行 安：行	

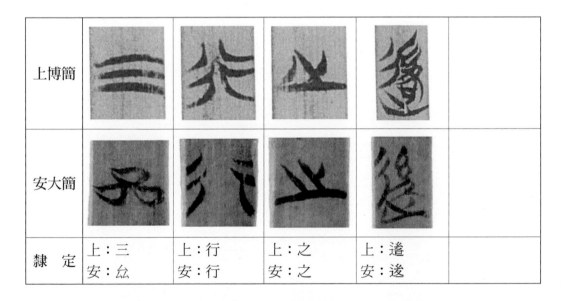

上博簡					
安大簡					
隸　定	上：三 安：厽	上：行 安：行	上：之 安：之	上：逡 安：遂	

上博簡					

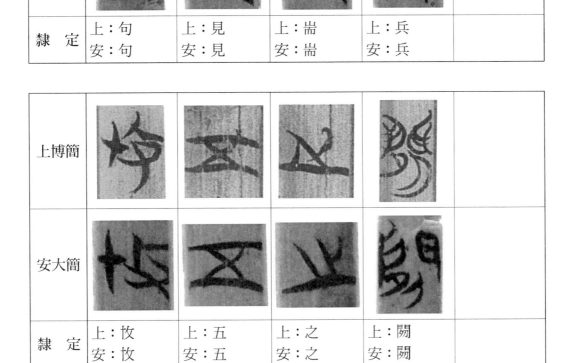

安大簡				
隸　定	上：句 安：句	上：見 安：見	上：耑 安：耑	上：兵 安：兵

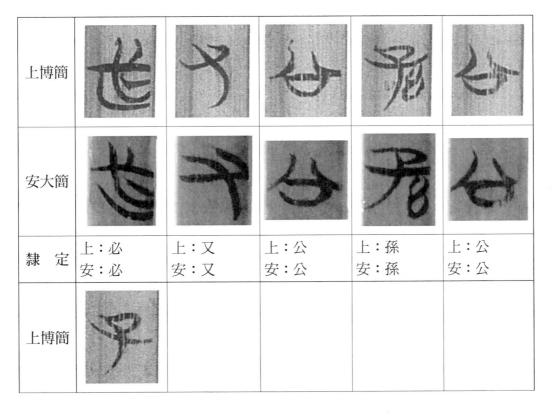

上博簡				
安大簡				
隸　定	上：攷 安：攷	上：五 安：五	上：之 安：之	上：闕 安：闕

上博簡					
安大簡					
隸　定	上：必 安：必	上：又 安：又	上：公 安：公	上：孫 安：孫	上：公 安：公
上博簡					

安大簡					
隸　定	上：子 安：子				

上博簡					
安大簡					
隸　定	上：是 安：是	上：胃 安：𠦝	上：軍 安：軍	上：紀 安：紀	

上博簡					
安大簡					
隸　定	上：五 安：五	上：人 安：人	上：吕 安：吕	上：敓 安：敓	

上博簡					

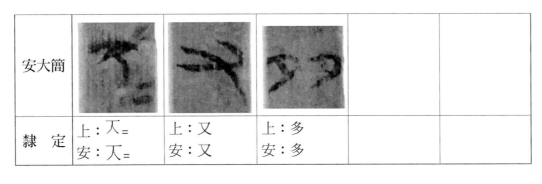

安大簡				
隸　定	上：天＝ 安：天＝	上：又 安：又	上：多 安：多	

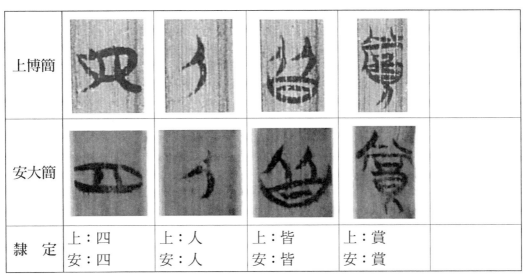

上博簡				
安大簡				
隸　定	上：四 安：四	上：人 安：人	上：皆 安：皆	上：賞 安：賞	

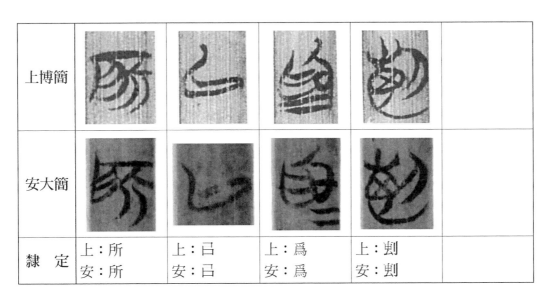

上博簡				
安大簡				
隸　定	上：所 安：所	上：吕 安：吕	上：爲 安：爲	上：劃 安：劃	

上博簡				

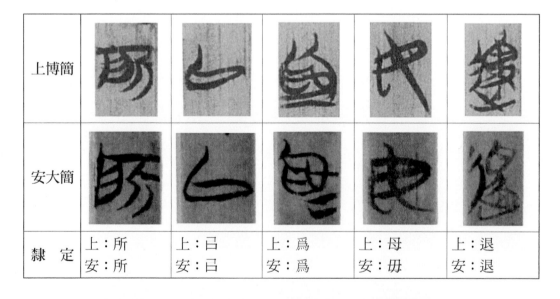

安大簡					
隸　定	上：母 安：毋	上：上 安：走	上：蒦 安：蒦	上：而 安：天	上：上 安：走
上博簡					
安大簡					
隸　定	上：鬪 安：鬪	上：命 安：命			

上博簡					
安大簡					
隸　定	上：所 安：所	上：呂 安：呂	上：爲 安：爲	上：母 安：毋	上：退 安：退

上博簡				

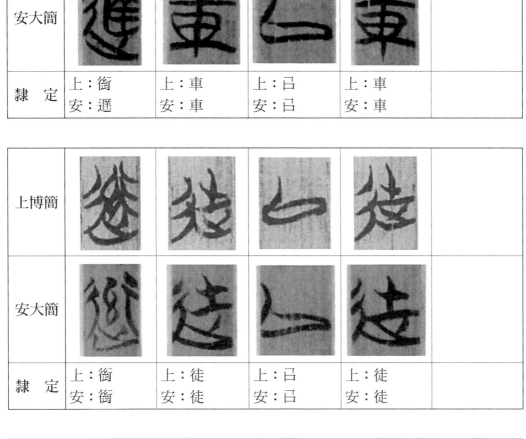

安大簡				
隸　定	上：銜 安：遷	上：車 安：車	上：吕 安：吕	上：車 安：車	

上博簡				
安大簡				
隸　定	上：銜 安：銜	上：徒 安：徒	上：吕 安：吕	上：徒 安：徒	

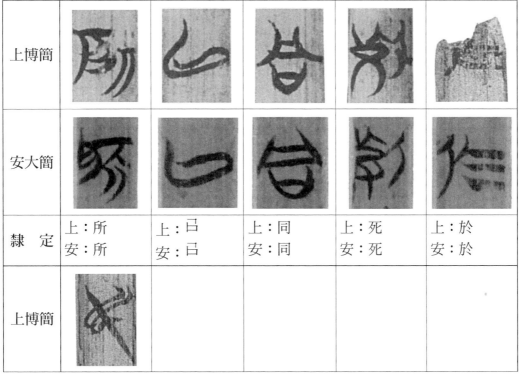

上博簡				
安大簡				
隸　定	上：所 安：所	上：吕 安：吕	上：同 安：同	上：死 安：死	上：於 安：於
上博簡				

安大簡				
隸　定	上：民 安：民			

上博簡				
安大簡				
隸　定	上：臧 安：臧	上：公 安：公	上：曰 安：曰	

上博簡					
安大簡					
隸　定	上：此 安：此	上：三 安：三	上：者 安：者	上：足 安：足	上：呂 安：呂
上博簡					

安大簡					
隸　定	上：戲 安：戲	上：虖 安：虖			

上博簡					
安大簡					
隸　定	上：含 安：含	上：曰 安：曰	上：戒 安：戒	上：ㄴ 安：（缺）	上：夈 安：夈
上博簡					
安大簡					
隸　定	上：忩 安：恖	上：ㄴ 安：（缺）			

上博簡					

安大簡					
隸　定	上：果 安：果	上：奊 安：奊	上：矣 安：惢	上：∟ 安：（缺）	

上博簡					
安大簡					
隸　定	上：辟 安：辟	上：衛 安：衛	上：奊 安：奊	上：史 安：史	上：人 安：人

上博簡					
安大簡					
隸　定	上：不 安：不	上：辟 安：辟	上：則 安：則	上：不 安：不	上：緯 安：剴
上博簡					
安大簡					

隸　定	上：（缺） 安：也				

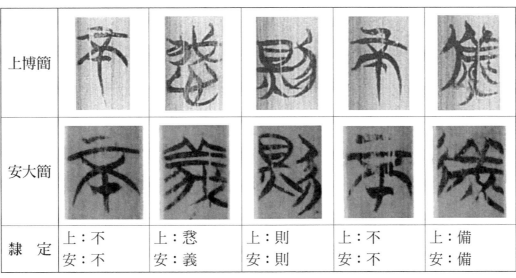

上博簡					
安大簡					
隸　定	上：不 安：不	上：和 安：和	上：則 安：則	上：不 安：不	上：覓 安：邑

上博簡					
安大簡					
隸　定	上：不 安：不	上：愆 安：義	上：則 安：則	上：不 安：不	上：備 安：備

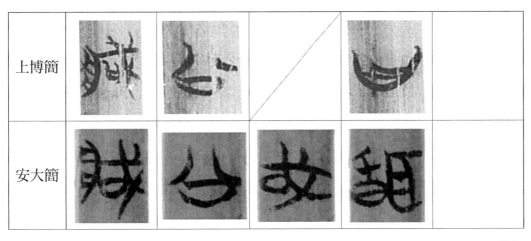

上博簡					
安大簡					

隸　定	上：臧 安：臧	上：公 安：公	上：（缺） 安：或	上：曰 安：𣆪	

上博簡					
安大簡					
隸　定	上：爲 安：爲	上：辟 安：藝	上：女 安：女	上：可 安：（殘）	

上博簡					
安大簡					
隸　定	上：酓 安：（殘）	上：曰 安：（殘）	上：君 安：君	上：母 安：毋	上：𢘆 安：畾

上博簡					
安大簡					
隸　定	上：自 安：自	上：裝 安：裝			

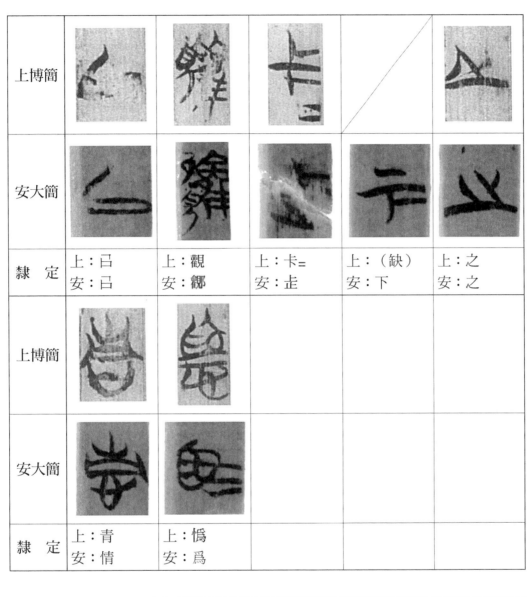

上博簡					
安大簡					
隸　定	上：㠯 安：㠯	上：觀 安：觀	上：卡= 安：走	上：（缺） 安：下	上：之 安：之
上博簡					
安大簡					
隸　定	上：青 安：情	上：憍 安：爲			

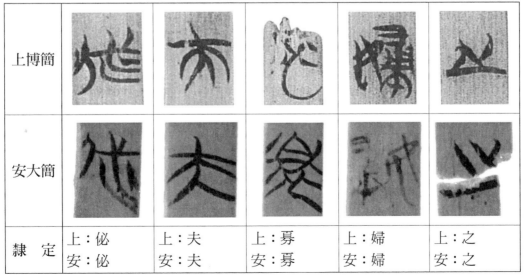

上博簡					
安大簡					
隸　定	上：佖 安：佖	上：夫 安：夫	上：募 安：募	上：婦 安：婦	上：之 安：之

上博簡					
安大簡					
隸　定	上：獄 安：獄	上：詷 安：訟			

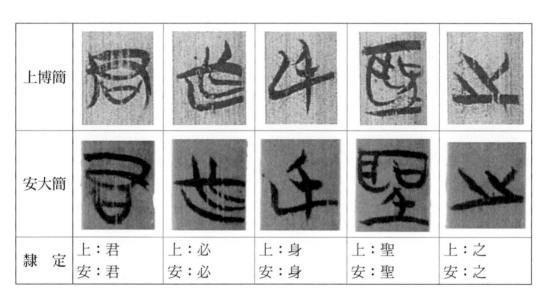

上博簡					
安大簡					
隸　定	上：君 安：君	上：必 安：必	上：身 安：身	上：聖 安：聖	上：之 安：之

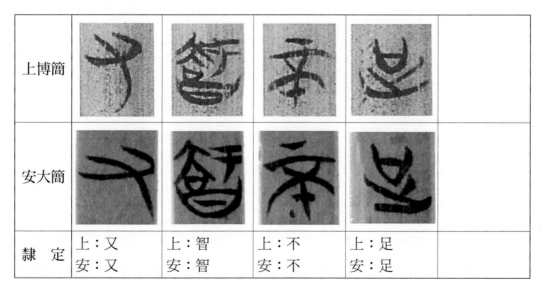

上博簡					
安大簡					
隸　定	上：又 安：又	上：智 安：智	上：不 安：不	上：足 安：足	

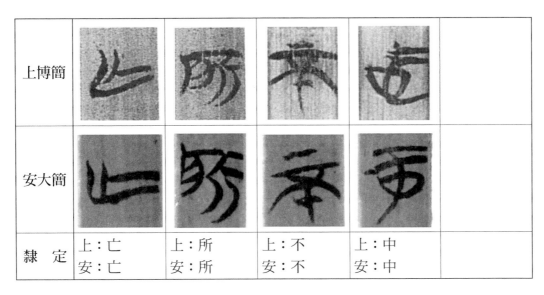

上博簡				
安大簡				
隸　定	上：亡 安：亡	上：所 安：所	上：不 安：不	上：中 安：中

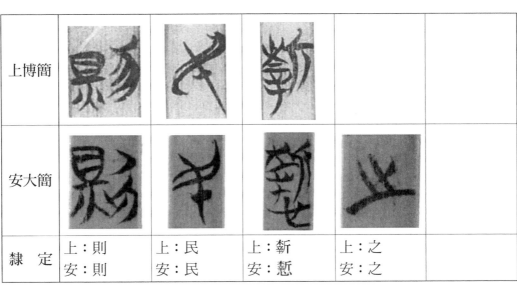

上博簡				
安大簡				
隸　定	上：則 安：則	上：民 安：民	上：斬 安：轂	上：之 安：之

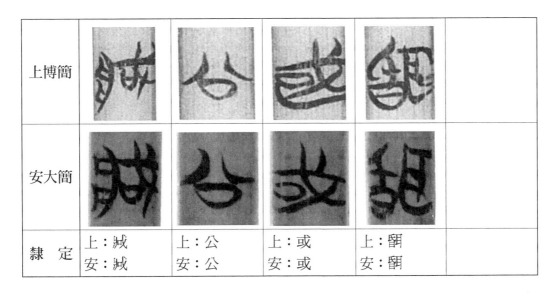

上博簡				
安大簡				
隸　定	上：臧 安：臧	上：公 安：公	上：或 安：或	上：鬮 安：鬮

上博簡					
安大簡					
隸　定	上：爲 安：（殘）	上：和 安：（殘）	上：女 安：（殘）	上：可 安：（殘）	

上博簡					
安大簡					
隸　定	上：含 安：（殘）	上：曰 安：（殘）	上：母 安：（殘）	上：辟 安：辟	上：於 安：於
上博簡					
安大簡					
隸　定	上：俊 安：逡	上：俾 安：連			

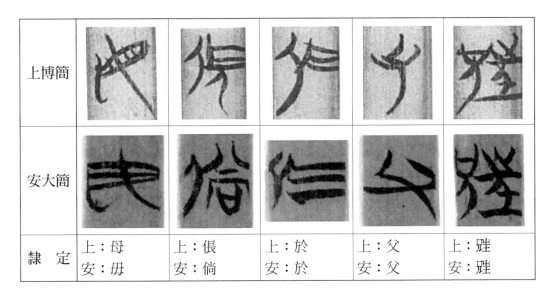

上博簡					
安大簡					
隸　定	上：母 安：毋	上：倀 安：倘	上：於 安：於	上：父 安：父	上：嬕 安：嬕

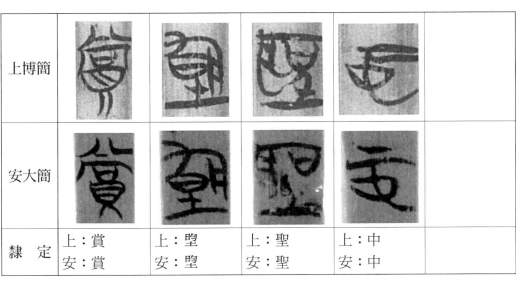

上博簡					
安大簡					
隸　定	上：賞 安：賞	上：聖 安：聖	上：聖 安：聖	上：中 安：中	

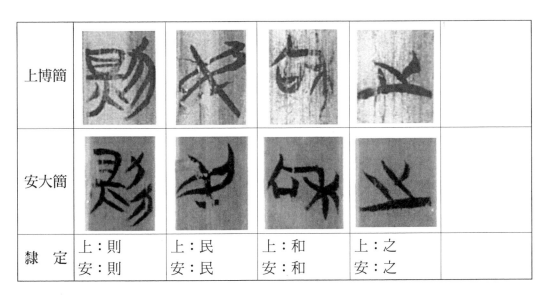

上博簡					
安大簡					
隸　定	上：則 安：則	上：民 安：民	上：和 安：和	上：之 安：之	

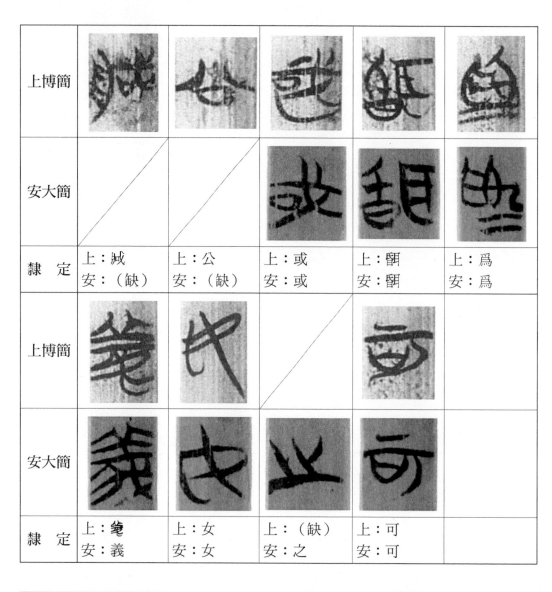

上博簡					
安大簡					
隸　定	上：烕 安：（缺）	上：公 安：（缺）	上：或 安：或	上：䚻 安：䚻	上：爲 安：爲
上博簡					
安大簡					
隸　定	上：毳 安：義	上：女 安：女	上：（缺） 安：之	上：可 安：可	

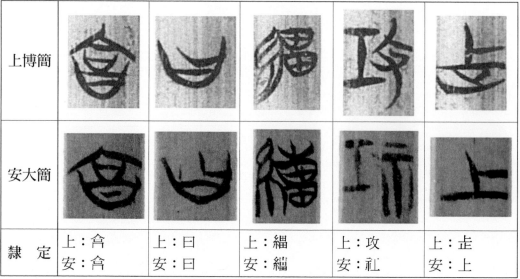

上博簡					
安大簡					
隸　定	上：含 安：含	上：曰 安：曰	上：緇 安：緇	上：攻 安：社	上：走 安：上

上博簡	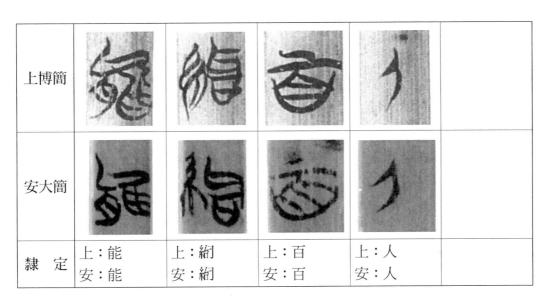			
安大簡				
隸　定	上：殴 安：殴			

上博簡				
安大簡				
隸　定	上：能 安：能	上：絢 安：絢	上：百 安：百	上：人 安：人

上博簡				
安大簡				
隸　定	上：史 安：囟	上：倀 安：倀	上：百 安：百	上：人 安：人

上博簡					
安大簡					
隸　定	上：能 安：能	上：綯 安：綯	上：三 安：三	上：軍 安：軍	

上博簡					
安大簡					
隸　定	上：思 安：囟	上：衛 安：衛			

上博簡					
安大簡					
隸　定	上：受 安：受	上：又 安：又	上：智 安：智		

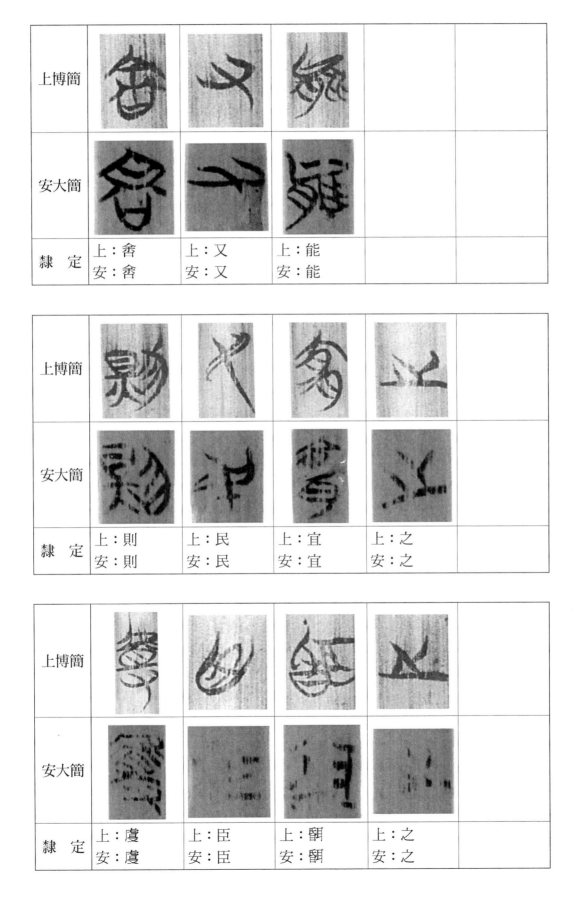

上博簡				
安大簡				
隸　定	上：舍 安：舍	上：又 安：又	上：能 安：能	

上博簡				
安大簡				
隸　定	上：則 安：則	上：民 安：民	上：宜 安：宜	上：之 安：之

上博簡				
安大簡				
隸　定	上：虞 安：虞	上：臣 安：臣	上：翩 安：翩	上：之 安：之

上博簡					
安大簡					
隸　定	上：窣 安：㡭	上：又 安：又	上：倀 安：倀		

上博簡					
安大簡					
隸　定	上：三 安：三	上：軍 安：軍	上：又 安：又	上：銜 安：銜	

上博簡					
安大簡					
隸　定	上：邦 安：邦	上：又 安：又	上：君 安：君		

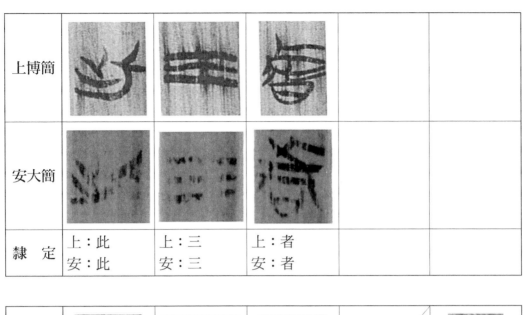

上博簡				
安大簡				
隸　定	上：此 安：此	上：三 安：三	上：者 安：者	

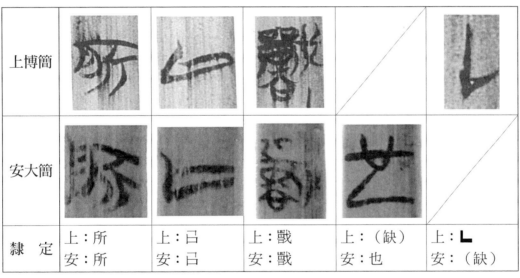

上博簡				
安大簡				
隸　定	上：所 安：所	上：呂 安：呂	上：戲 安：戲	上：（缺） 安：也	上：Ｌ 安：（缺）

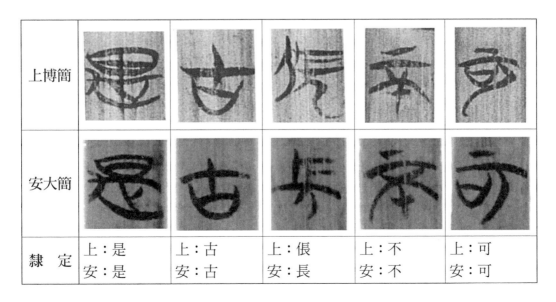

上博簡				
安大簡				
隸　定	上：是 安：是	上：古 安：古	上：倀 安：長	上：不 安：不	上：可 安：可

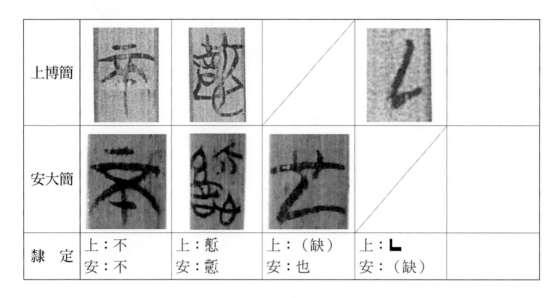

上博簡			/		/
安大簡				/	
隷　定	上：不 安：不	上：憨 安：憨	上：（缺） 安：也	上：┗ 安：（缺）	

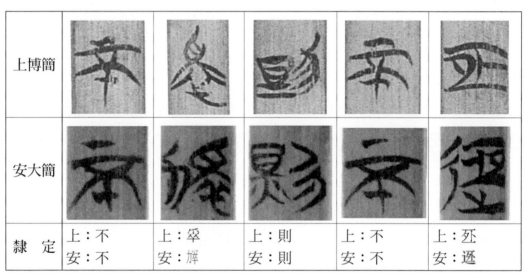

上博簡					
安大簡					
隷　定	上：不 安：不	上：坙 安：㡀	上：則 安：則	上：不 安：不	上：丕 安：逶

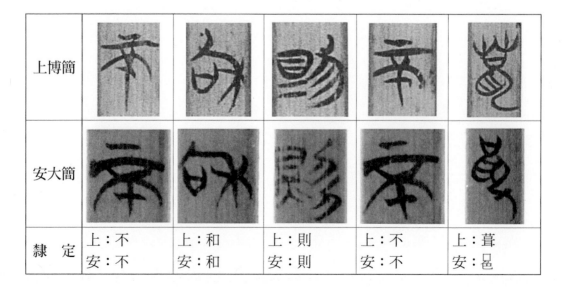

上博簡					
安大簡					
隷　定	上：不 安：不	上：和 安：和	上：則 安：則	上：不 安：不	上：葺 安：邑

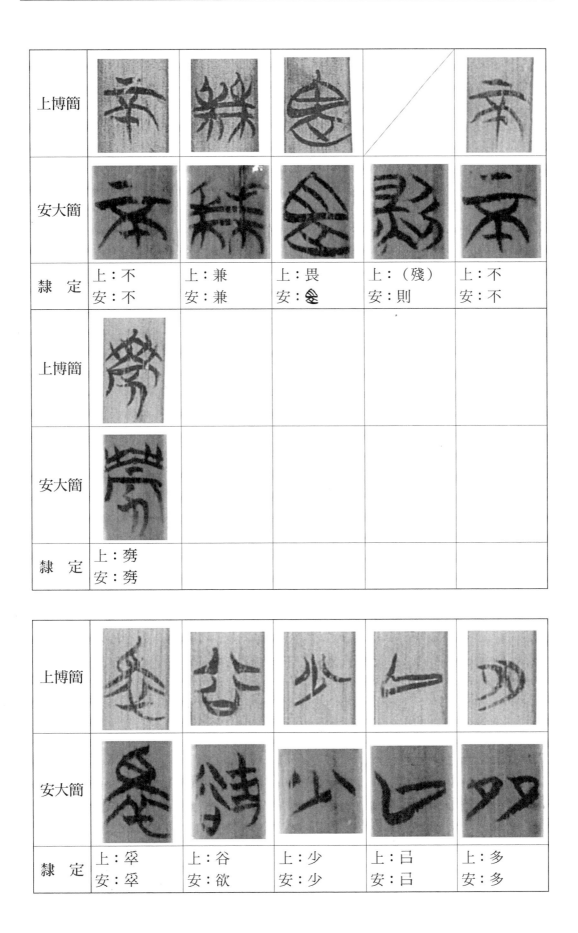

上博簡					
安大簡					
隸　定	上：不 安：不	上：兼 安：兼	上：畏 安：🐛	上：（殘） 安：則	上：不 安：不
上博簡					
安大簡					
隸　定	上：夥 安：夥				

上博簡					
安大簡					
隸　定	上：窣 安：窣	上：谷 安：欲	上：少 安：少	上：吕 安：吕	上：多 安：多

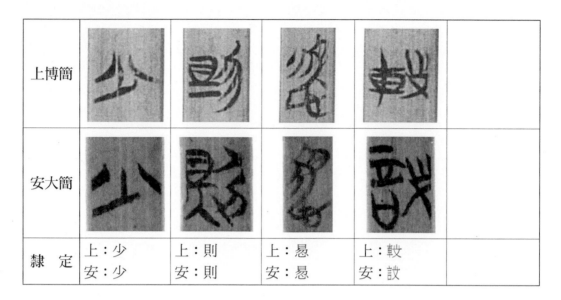

	上博簡	安大簡	隸　定
			上：少 安：少
			上：則 安：則
			上：惡 安：惡
			上：戠 安：詆

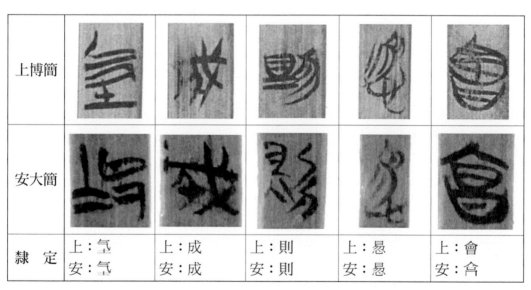

	隸　定
	上：气 安：气
	上：成 安：成
	上：則 安：則
	上：惡 安：惡
	上：會 安：貪

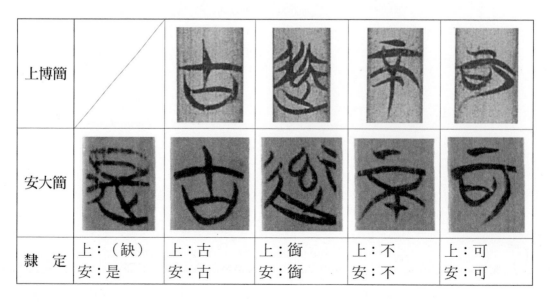

	隸　定
	上：（缺） 安：是
	上：古 安：古
	上：衛 安：衛
	上：不 安：不
	上：可 安：可

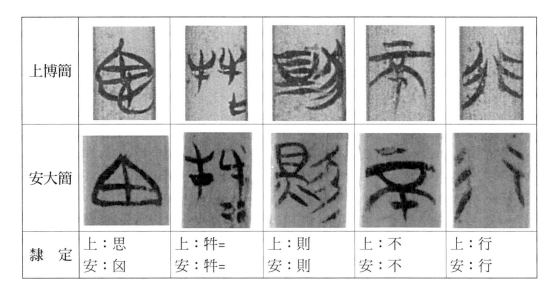

上博簡					
安大簡					
隸　定	上：思 安：囟	上：𦥑= 安：𦥑=	上：則 安：則	上：不 安：不	上：行 安：行

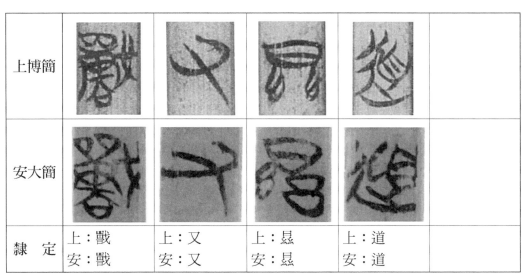

上博簡				
安大簡				
隸　定	上：戩 安：戩	上：又 安：又	上：㠱 安：㠱	上：道 安：道

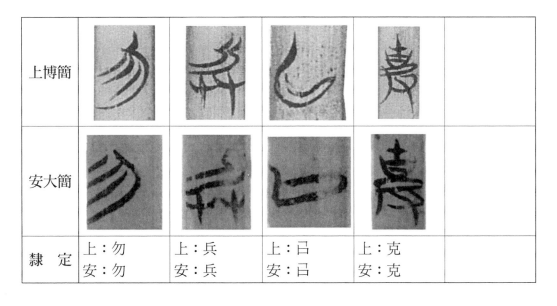

上博簡				
安大簡				
隸　定	上：勿 安：勿	上：兵 安：兵	上：呂 安：呂	上：克 安：克

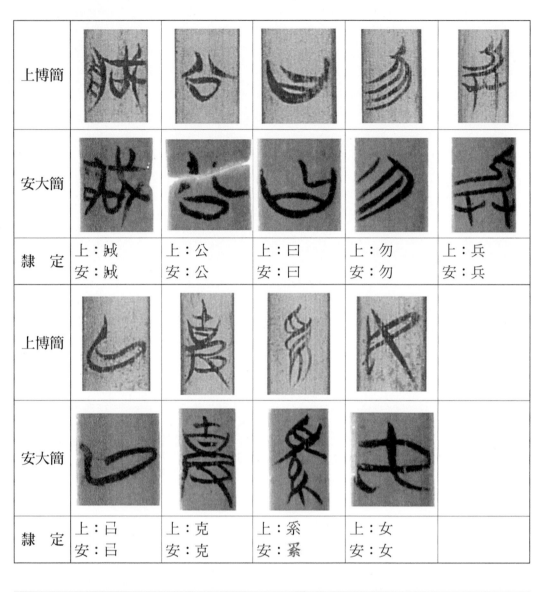

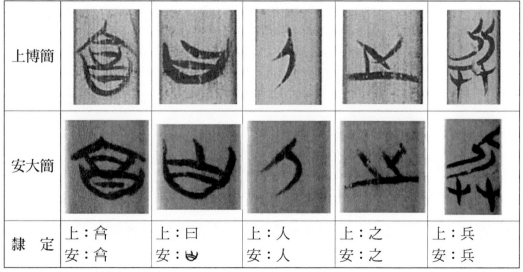

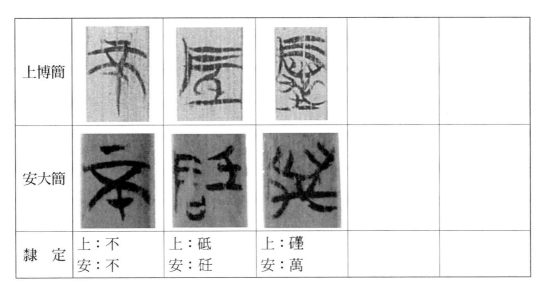

上博簡				
安大簡				
隸　定	上：不 安：不	上：砥 安：砥	上：礦 安：萬	

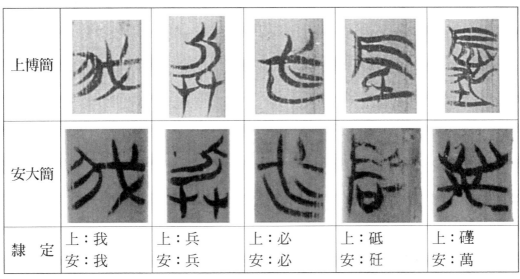

上博簡				
安大簡				
隸　定	上：我 安：我	上：兵 安：兵	上：必 安：必	上：砥 安：砥	上：礦 安：萬

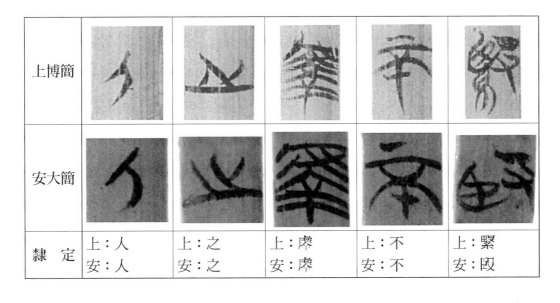

上博簡				
安大簡				
隸　定	上：人 安：人	上：之 安：之	上：膚 安：膚	上：不 安：不	上：緊 安：殹

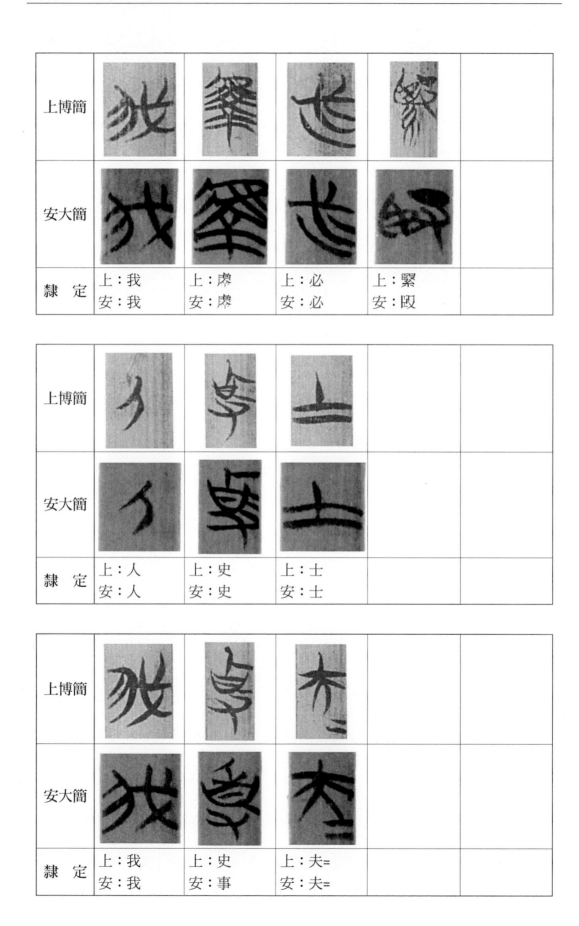

	上博簡	安大簡	隸　定
			上：我 安：我
			上：𥼒 安：𥼒
			上：必 安：必
			上：𦥑 安：𣪠

	上博簡	安大簡	隸　定
			上：人 安：人
			上：史 安：史
			上：士 安：士

	上博簡	安大簡	隸　定
			上：我 安：我
			上：史 安：事
			上：夫= 安：夫=

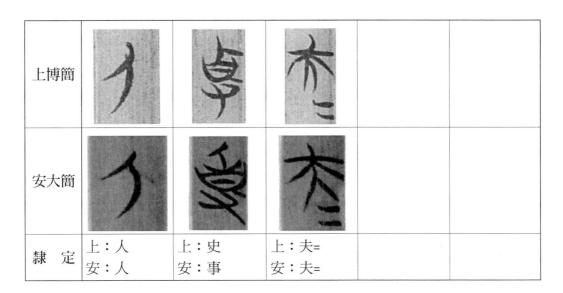

上博簡			
安大簡			
隸　　定	上：人 安：人	上：史 安：事	上：夫= 安：夫=

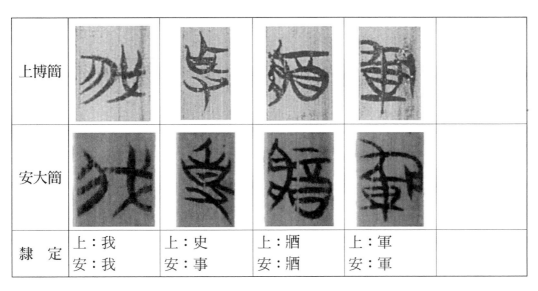

上博簡				
安大簡				
隸　　定	上：我 安：我	上：史 安：事	上：酒 安：酒	上：軍 安：軍

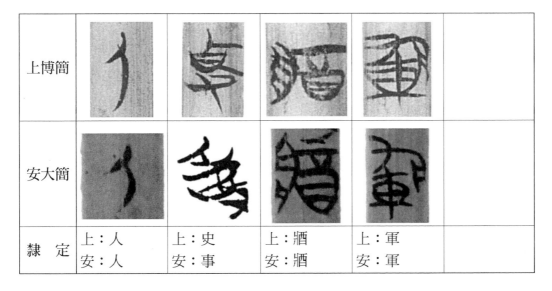

上博簡				
安大簡				
隸　　定	上：人 安：人	上：史 安：事	上：酒 安：酒	上：軍 安：軍

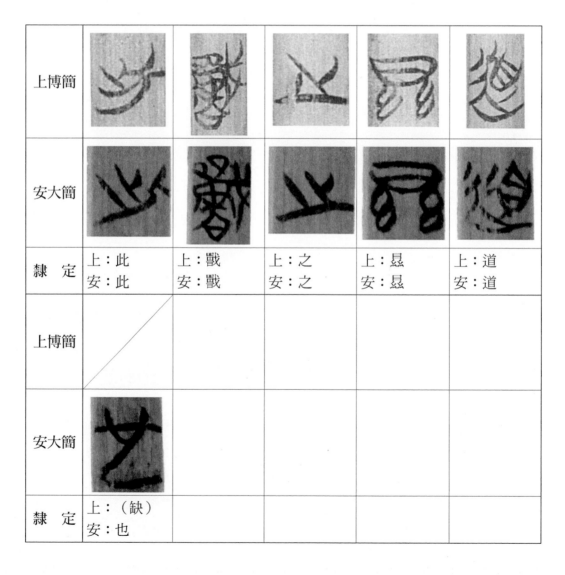

上博簡					
安大簡					
隸　定	上：我 安：我	上：君 安：君	上：身 安：身	上：進 安：進	

上博簡					
安大簡					
隸　定	上：此 安：此	上：戡 安：戡	上：之 安：之	上：惢 安：惢	上：道 安：道
上博簡					
安大簡					
隸　定	上：（缺） 安：也				

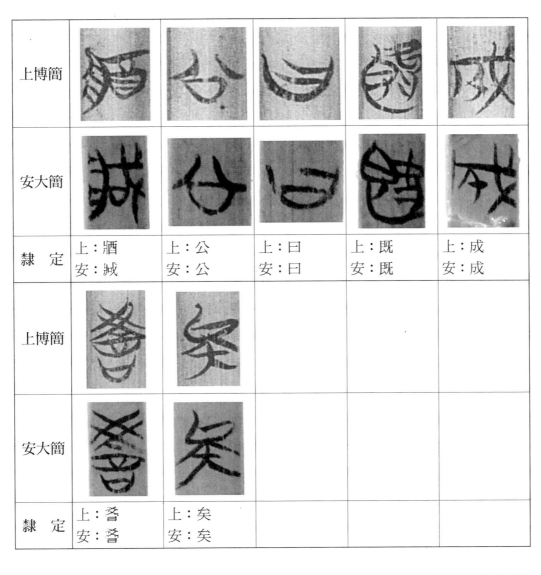

上博簡					
安大簡					
隷　定	上：牆 安：牆	上：公 安：公	上：曰 安：曰	上：既 安：既	上：成 安：成
上博簡					
安大簡					
隷　定	上：嗇 安：嗇	上：矣 安：矣			

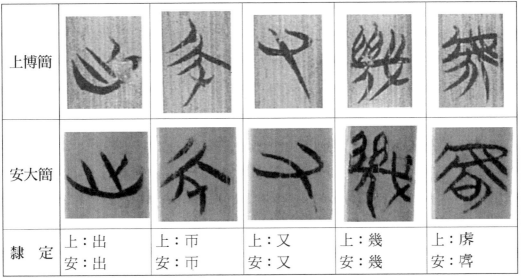

上博簡					
安大簡					
隷　定	上：出 安：出	上：市 安：市	上：又 安：又	上：幾 安：幾	上：虖 安：虖

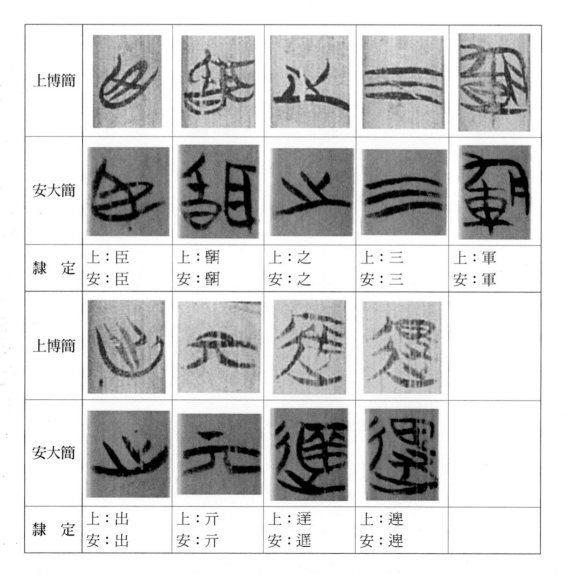

上博簡					
安大簡					
隸　定	上：倉 安：倉	上：曰 安：曰	上：又 安：又		

上博簡					
安大簡					
隸　定	上：臣 安：臣	上：翻 安：翻	上：之 安：之	上：三 安：三	上：軍 安：軍
上博簡					
安大簡					
隸　定	上：出 安：出	上：亓 安：亓	上：逶 安：遱	上：遱 安：遱	

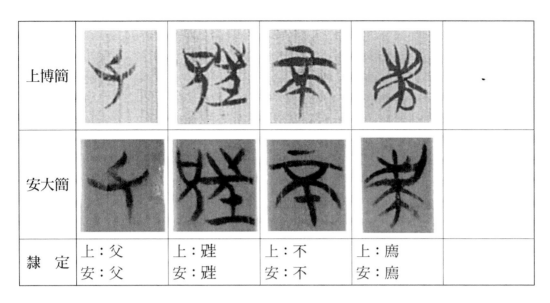

上博簡				
安大簡				
隸　定	上：父 安：父	上：陛 安：陛	上：不 安：不	上：鳸 安：鳸

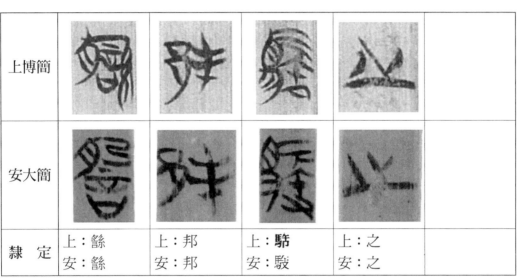

上博簡				
安大簡				
隸　定	上：緜 安：緜	上：邦 安：邦	上：**駬** 安：駿	上：之 安：之

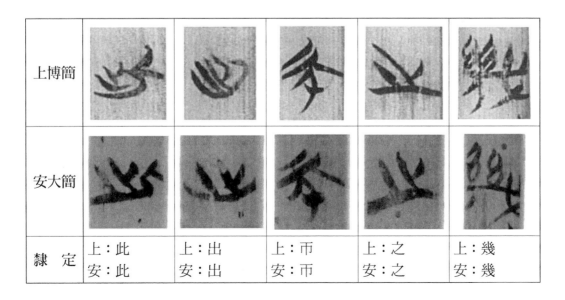

上博簡					
安大簡					
隸　定	上：此 安：此	上：出 安：出	上：帀 安：帀	上：之 安：之	上：幾 安：幾

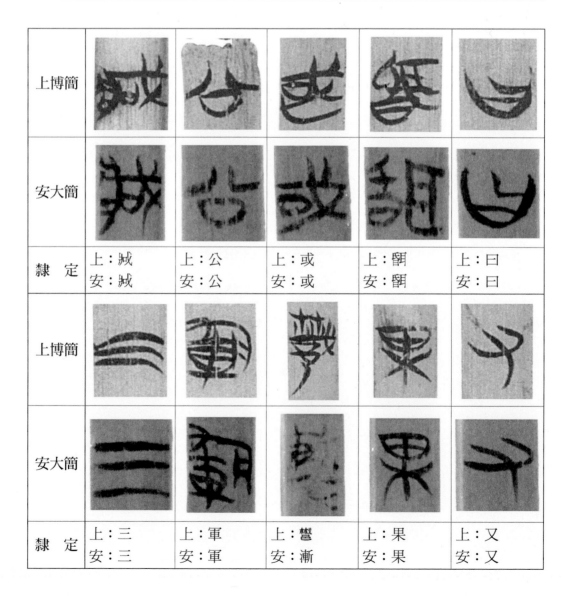

上博簡					
安大簡					
隸　定	上：（缺） 安：也	上：∟ 安：（缺）			

上博簡					
安大簡					
隸　定	上：臧 安：臧	上：公 安：公	上：或 安：或	上：鄙 安：鄙	上：曰 安：曰
上博簡					
安大簡					
隸　定	上：三 安：三	上：軍 安：軍	上：譬 安：漸	上：果 安：果	上：又 安：又

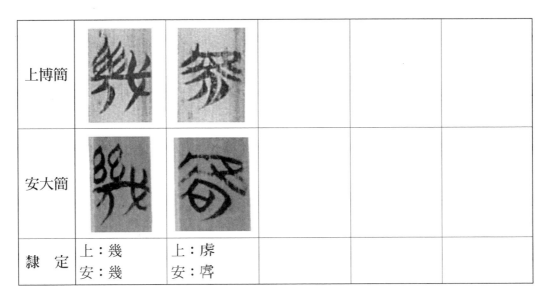

上博簡					
安大簡					
隸　定	上：幾 安：幾	上：虖 安：虖			

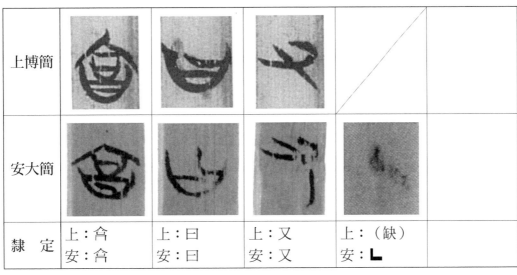

上博簡					
安大簡					
隸　定	上：舍 安：舍	上：曰 安：曰	上：又 安：又	上：（缺） 安：∟	

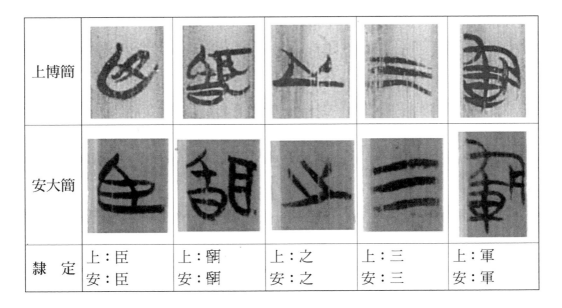

上博簡					
安大簡					
隸　定	上：臣 安：臣	上：顝 安：顝	上：之 安：之	上：三 安：三	上：軍 安：軍

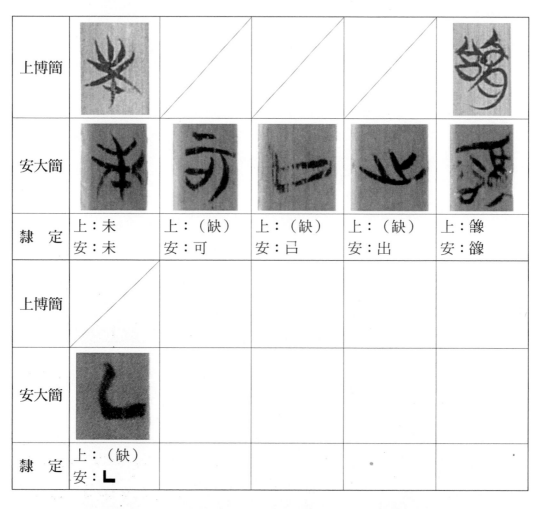

上博簡					
安大簡					
隸　定	上：未 安：未	上：成 安：成	上：戕 安：戕		

上博簡					
安大簡					
隸　定	上：未 安：未	上：（缺） 安：可	上：（缺） 安：吕	上：（缺） 安：出	上：豫 安：豫
上博簡					
安大簡					
隸　定	上：（缺） 安：∟				

上博簡				

安大簡					
隸　定	上：行 安：行	上：陘 安：𡉚	上：淒 安：淒	上：障 安：墼	

上博簡					
安大簡					
隸　定	上：此 安：此	上：欒 安：漸	上：果 安：果	上：之 安：之	上：幾 安：幾
上博簡					
安大簡					
隸　定	上：（缺） 安：也				

上博簡					

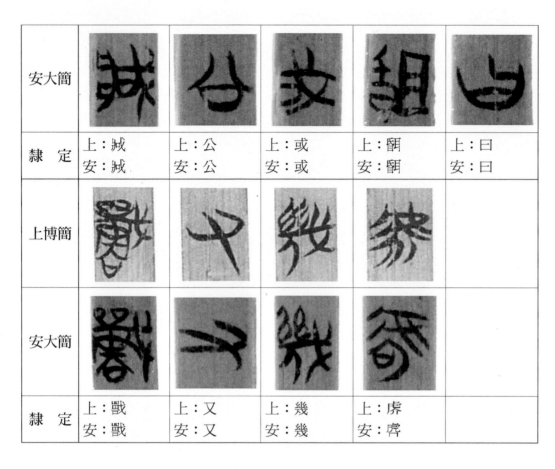

安大簡					
隸 定	上：減 安：減	上：公 安：公	上：或 安：或	上：毉 安：毉	上：曰 安：曰
上博簡					
安大簡					
隸 定	上：戲 安：戲	上：又 安：又	上：幾 安：幾	上：虜 安：虜	

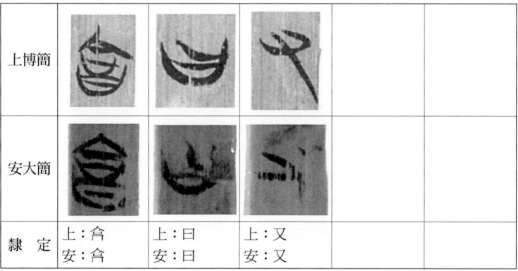

上博簡					
安大簡					
隸 定	上：含 安：含	上：曰 安：曰	上：又 安：又		

上博簡				

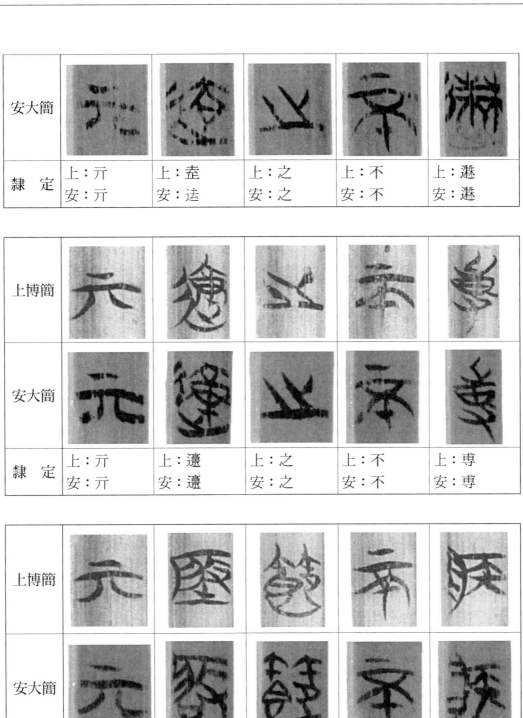

安大簡					
隸　定	上：亓 安：亓	上：垚 安：迣	上：之 安：之	上：不 安：不	上：遜 安：遜
上博簡					
安大簡					
隸　定	上：亓 安：亓	上：邅 安：邅	上：之 安：之	上：不 安：不	上：專 安：專
上博簡					
安大簡					
隸　定	上：亓 安：亓	上：塈 安：啓	上：節 安：節	上：不 安：不	上：疾 安：疾

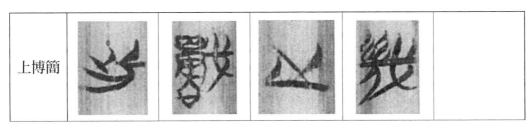

上博簡				

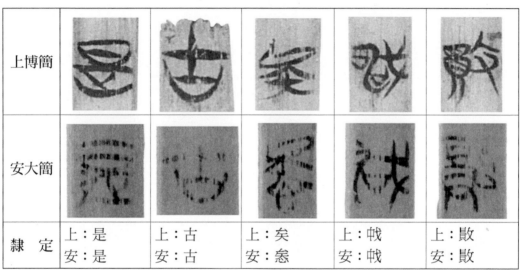

安大簡				
隸　定	上：此 安：此	上：戲 安：戲	上：之 安：之	上：幾 安：幾

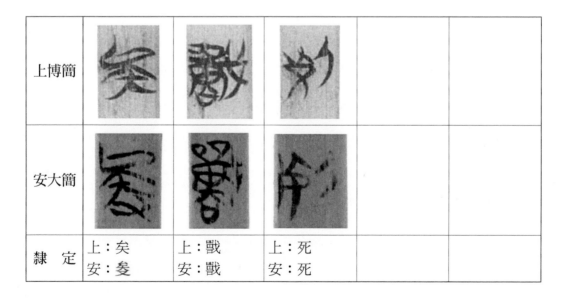

上博簡				
安大簡				
隸　定	上：是 安：是	上：古 安：古	上：矣 安：悉	上：戕 安：戕

上博簡				
安大簡				
隸　定	上：矣 安：矣	上：戲 安：戲	上：死 安：死	

上博簡

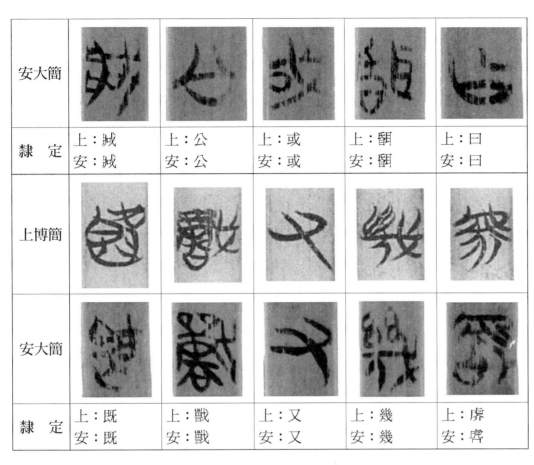

安大簡					
隸　定	上：戝 安：戝	上：公 安：公	上：或 安：或	上：圕 安：圕	上：曰 安：曰
上博簡					
安大簡					
隸　定	上：既 安：既	上：戲 安：戲	上：又 安：又	上：幾 安：幾	上：虜 安：虜

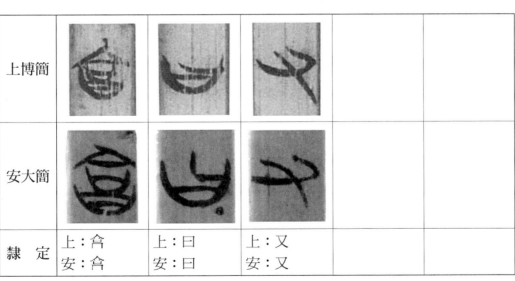

上博簡				
安大簡				
隸　定	上：含 安：含	上：曰 安：曰	上：又 安：又	

上博簡					

安大簡					
隸　定	上：元 安：元	上：賞 安：賞	上：識 安：譀	上：虞 安：虞	上：不 安：不
上博簡					
安大簡					
隸　定	上：中 安：信				

上博簡					
安大簡					
隸　定	上：元 安：元	上：誩 安：贖	上：臸 安：賍	上：虞 安：虞	上：不 安：不
上博簡					

安大簡	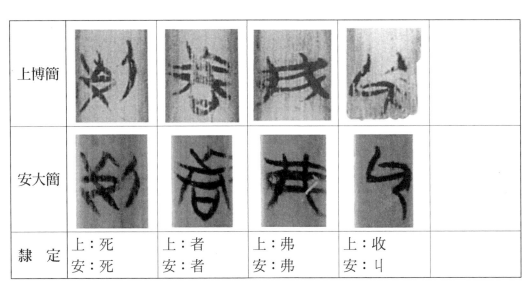				
隸　　定	上：詨 安：中				

上博簡					
安大簡					
隸　　定	上：死 安：死	上：者 安：者	上：弗 安：弗	上：收 安：丩	

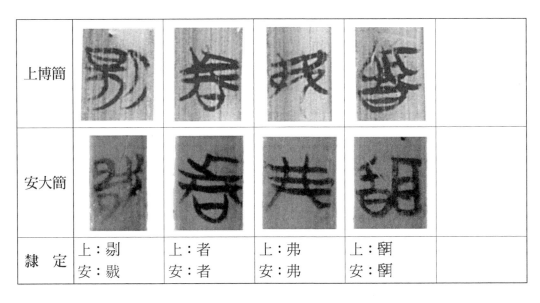

上博簡					
安大簡					
隸　　定	上：剔 安：馘	上：者 安：者	上：弗 安：弗	上：䦅 安：䦅	

上博簡					

安大簡					
隸　定	上：既 安：既	上：戩 安：戩	上：而 安：而	上：又 安：又	上：忽= 安：忽=
上博簡					
安大簡					
隸　定	上：（缺） 安：┗				

上博簡					
安大簡					
隸　定	上：此 安：此	上：既 安：既	上：戩 安：戩	上：之 安：之	上：幾 安：幾
上博簡					
安大簡					
隸　定	上：┗ 安：（缺）				

上博簡					
安大簡					
隷　定	上：賊 安：賊	上：公 安：公	上：或 安：或	上：䎽 安：䎽	上：曰 安：曰
上博簡					
安大簡					
隷　定	上：遑 安：遑	上：歔 安：歔	上：戳 安：戳	上：又 安：又	上：道 安：道
上博簡					
安大簡					
隷　定	上：虜 安：虜				

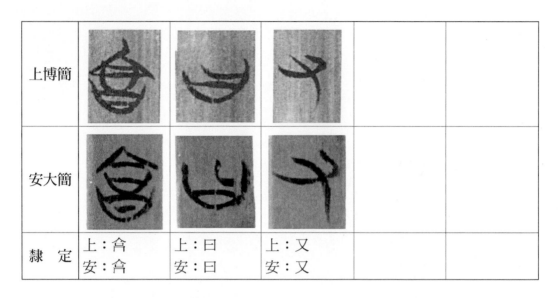

上博簡				
安大簡				
隸　　定	上：含 安：含	上：曰 安：曰	上：又 安：又	

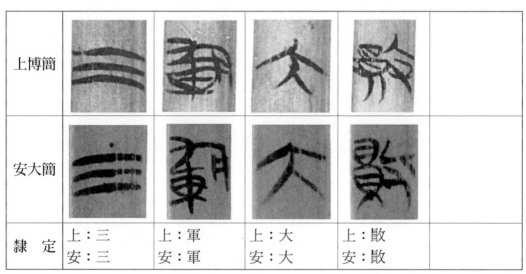

上博簡				
安大簡				
隸　　定	上：三 安：三	上：軍 安：軍	上：大 安：大	上：敓 安：敓

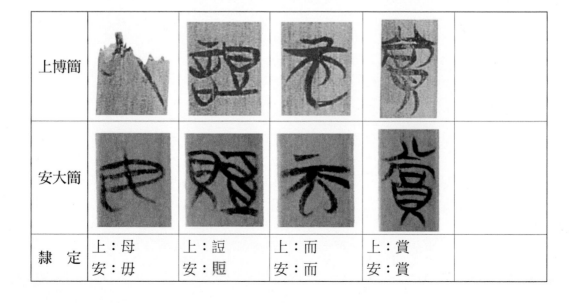

上博簡				
安大簡				
隸　　定	上：母 安：毋	上：誁 安：賆	上：而 安：而	上：賞 安：賞

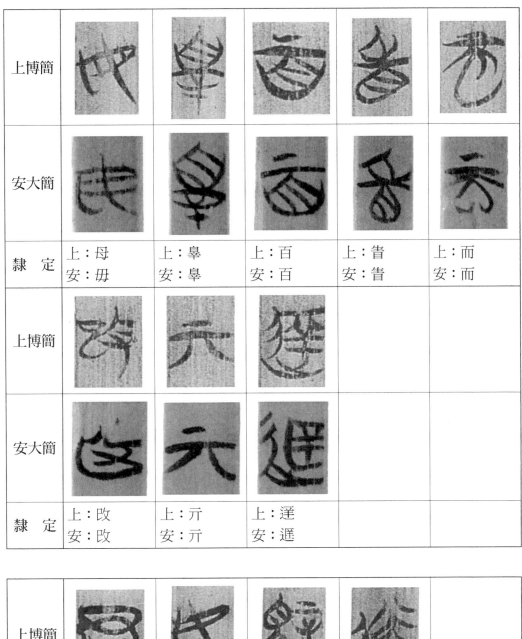

上博簡				
安大簡				
隸　定	上：母 安：毌	上：皋 安：皋	上：百 安：百	上：嘼 安：嘼	上：而 安：而
上博簡				
安大簡				
隸　定	上：攺 安：攺	上：亓 安：亓	上：遅 安：遅		

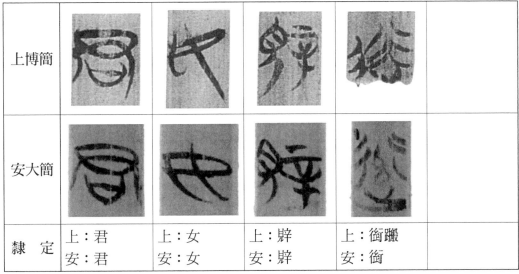

上博簡				
安大簡				
隸　定	上：君 安：君	上：女 安：女	上：辟 安：辟	上：衞躃 安：衞	

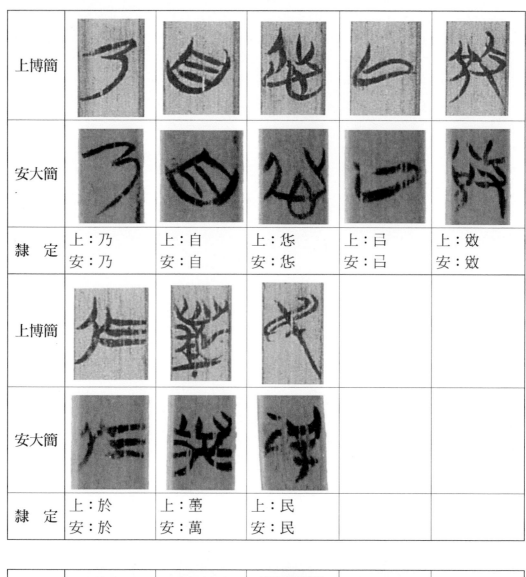

上博簡					
安大簡					
隸　定	上：乃 安：乃	上：自 安：自	上：忥 安：忥	上：吕 安：吕	上：敓 安：敓
上博簡					
安大簡					
隸　定	上：於 安：於	上：蠤 安：萬	上：民 安：民		

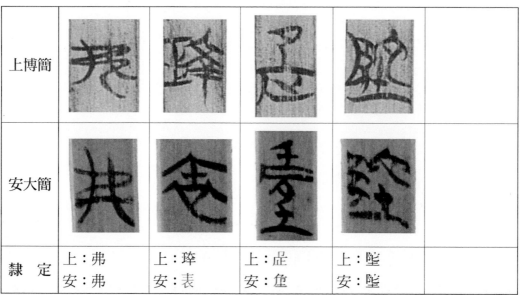

上博簡					
安大簡					
隸　定	上：弗 安：弗	上：琗 安：表	上：疋 安：隺	上：陞 安：陞	

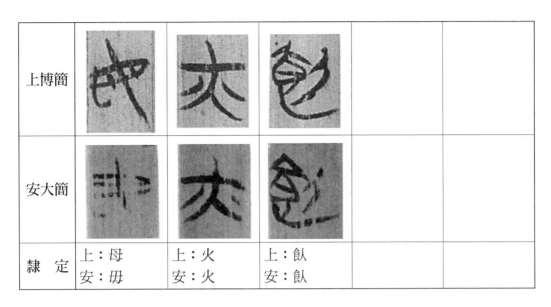

上博簡				
安大簡				
隸　定	上：母 安：毋	上：火 安：火	上：飤 安：飤	

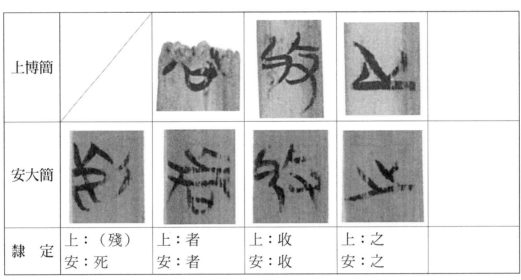

上博簡				
安大簡				
隸　定	上：（殘） 安：死	上：者 安：者	上：收 安：收	上：之 安：之

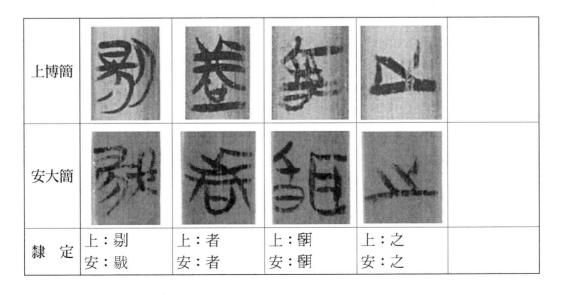

上博簡				
安大簡				
隸　定	上：剔 安：戁	上：者 安：者	上：䠶 安：䠶	上：之 安：之

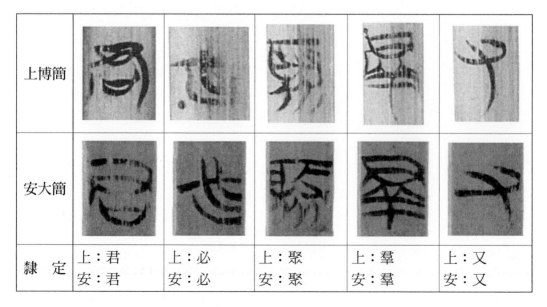

上博簡					
安大簡					
隸　定	上：善 安：善	上：於 安：於	上：死 安：死	上：者 安：者	上：爲 安：爲
上博簡					
安大簡					
隸　定	上：生 安：生	上：者 安：者	上：└ 安：（缺）		

上博簡					
安大簡					
隸　定	上：君 安：君	上：必 安：必	上：聚 安：聚	上：羣 安：羣	上：又 安：又

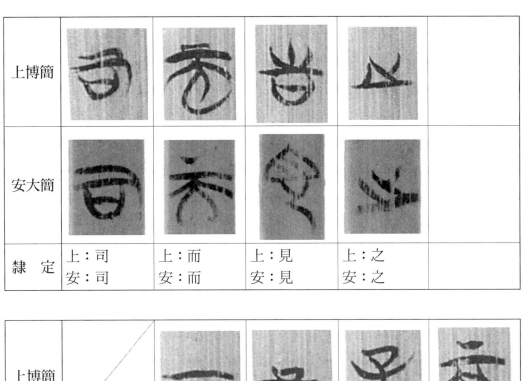

上博簡				
安大簡				
隸　定	上：司 安：司	上：而 安：而	上：見 安：見	上：之 安：之

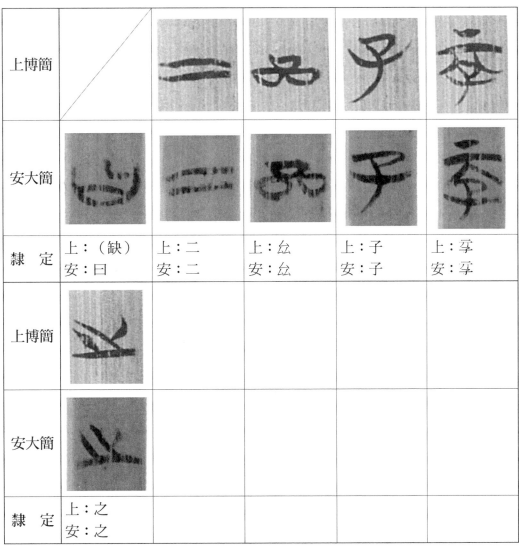

上博簡					
安大簡					
隸　定		上：（缺） 安：曰	上：二 安：二	上：厽 安：厽	上：子 安：子	上：孚 安：孚
上博簡					
安大簡					
隸　定	上：之 安：之				

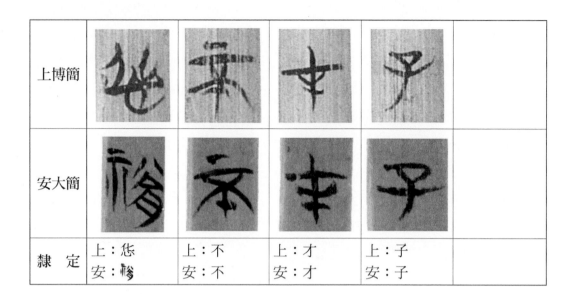

上博簡					
安大簡					
隸　定	上：悉 安：愹	上：不 安：不	上：才 安：才	上：子 安：子	

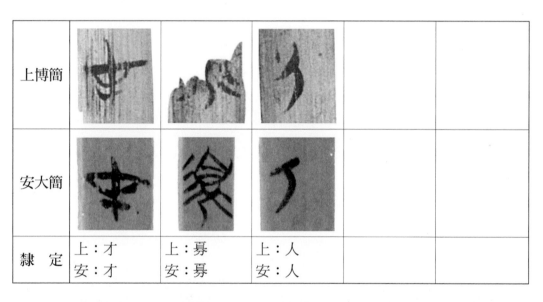

上博簡				
安大簡				
隸　定	上：才 安：才	上：募 安：募	上：人 安：人	

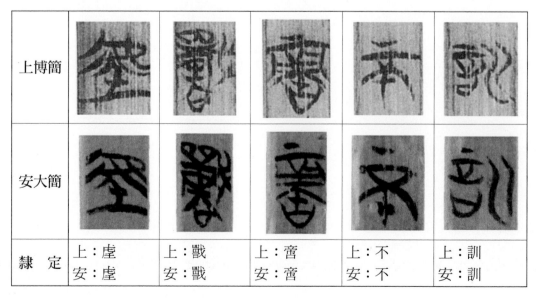

上博簡					
安大簡					
隸　定	上：虘 安：虘	上：戲 安：戲	上：啇 安：啇	上：不 安：不	上：訓 安：訓

上博簡					
安大簡					
隸　定	上：於 安：於	上：天 安：天	上：命 安：命		

上博簡					
安大簡					
隸　定	上：反 安：反	上：帀 安：帀			

上博簡					
安大簡					
隸　定	上：牆 安：牆	上：遑 安：遑	上：戵 安：戵		

上博簡					
安大簡					
隸　定	上：必 安：必	上：訋 安：訋	上：邦 安：邦	上：之 安：之	上：貴 安：貴
上博簡					
安大簡					
隸　定	上：人 安：人	上：及 安：及	上：邦 安：邦	上：之 安：之	上：可 安：可
上博簡					
安大簡					
隸　定	上：士 安：士				

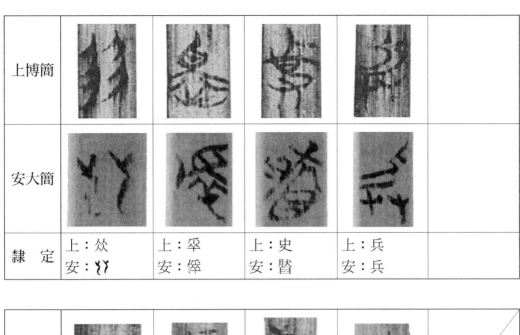

上博簡				
安大簡				
隸　定	上：狄 安：狄	上：窣 安：倅	上：史 安：瞽	上：兵 安：兵	

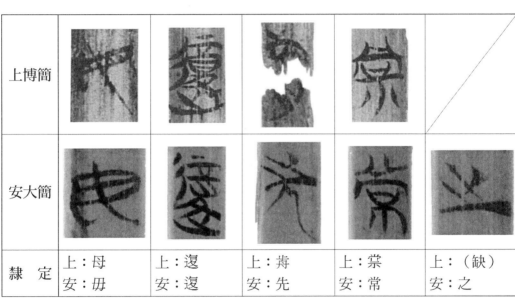

上博簡				
安大簡				
隸　定	上：母 安：毋	上：遝 安：遝	上：荐 安：先	上：棠 安：常	上：（缺） 安：之

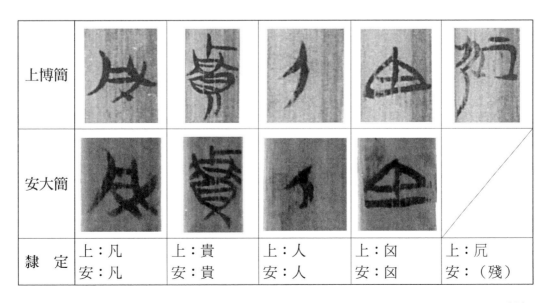

上博簡				
安大簡				
隸　定	上：凡 安：凡	上：貴 安：貴	上：人 安：人	上：囟 安：囟	上：尻 安：（殘）

上博簡				
安大簡				
隸　定	上：蒃 安：（殘）	上：立 安：（殘）	上：一 安：（殘）	上：行 安：（殘）

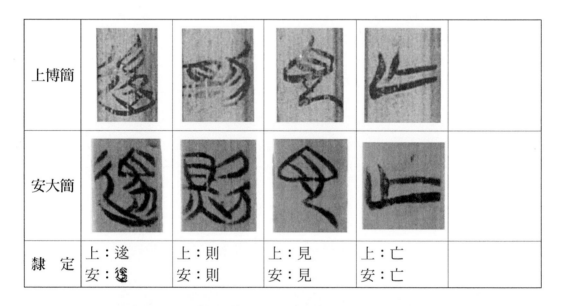

上博簡				
安大簡				
隸　定	上：遂 安：遂	上：則 安：則	上：見 安：見	上：亡 安：亡

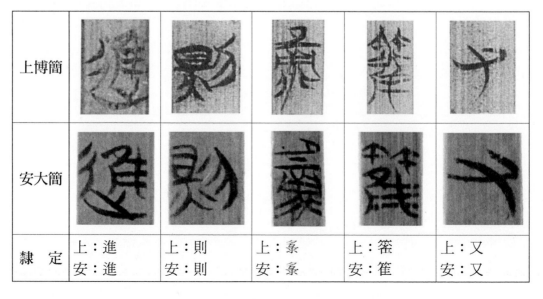

上博簡				
安大簡				
隸　定	上：進 安：進	上：則 安：則	上：彖 安：彖	上：箮 安：筐	上：又 安：又

上博簡				
安大簡				
隸　定	上：棠 安：常			

上博簡				
安大簡				
隸　定	上：幾 安：幾	上：莫 安：莫	上：之 安：之	上：堂 安：堂

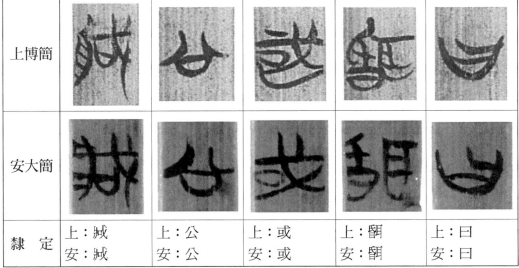

上博簡				
安大簡				
隸　定	上：賊 安：賊	上：公 安：公	上：或 安：或	上：翻 安：翻	上：曰 安：曰

上博簡					
安大簡					
隸　定	上：遅 安：遅	上：盤 安：䤾	上：戩 安：戩	上：又 安：又	上：道 安：道
上博簡					
安大簡					
隸　定	上：虜 安：（殘）				

上博簡				
安大簡				
隸　定	上：含 安：（缺）	上：曰 安：（缺）	上：又 安：（缺）	

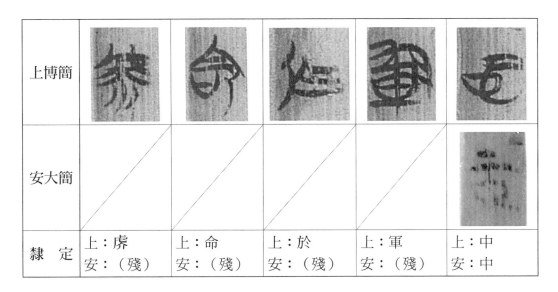

上博簡				
安大簡				
隸　定	上：既 安：（殘）	上：戩 安：（殘）	上：遝 安：（殘）	上：餘 安：（殘）	

上博簡				
安大簡				
隸　定	上：虏 安：（殘）	上：命 安：（殘）	上：於 安：（殘）	上：軍 安：（殘）	上：中 安：中

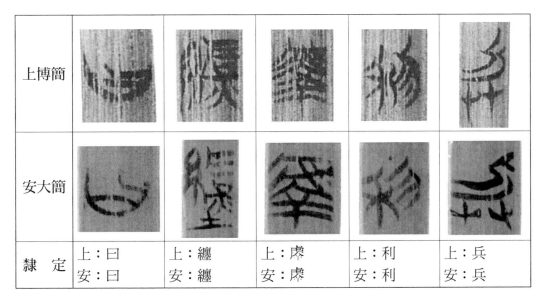

上博簡				
安大簡				
隸　定	上：曰 安：曰	上：纏 安：纏	上：虏 安：虏	上：利 安：利	上：兵 安：兵

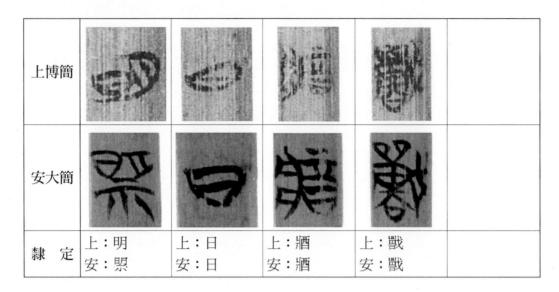

上博簡					
安大簡					
隸　定	上：明 安：㬎	上：日 安：日	上：牅 安：牅	上：戠 安：戠	

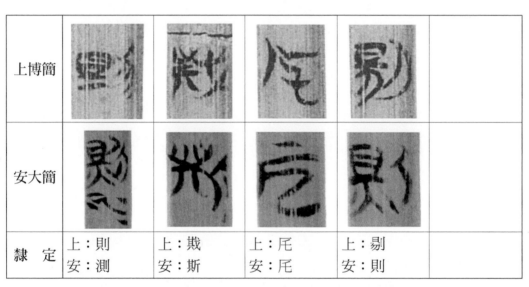

上博簡					
安大簡					
隸　定	上：則 安：測	上：戔 安：斯	上：尾 安：尾	上：剔 安：則	

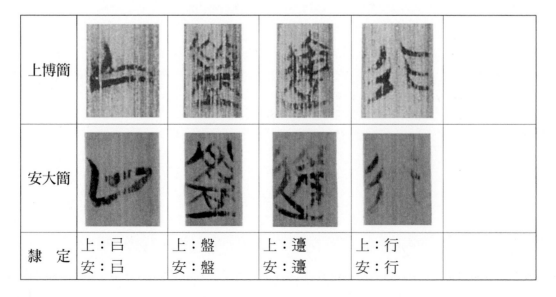

上博簡					
安大簡					
隸　定	上：呂 安：呂	上：盤 安：盤	上：邍 安：邍	上：行 安：行	

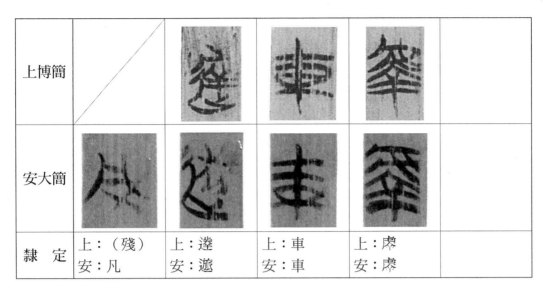

上博簡					
安大簡					
隸　定	上：（殘） 安：凡	上：遧 安：遬	上：車 安：車	上：麇 安：麇	

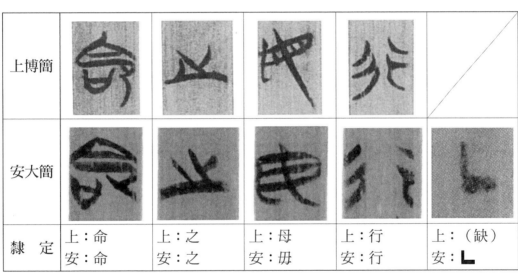

上博簡					
安大簡					
隸　定	上：命 安：命	上：之 安：之	上：母 安：毋	上：行 安：行	上：（缺） 安：∟

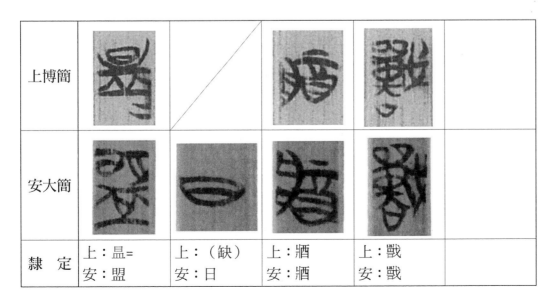

上博簡					
安大簡					
隸　定	上：皿= 安：盟	上：（缺） 安：日	上：牆 安：牆	上：戲 安：戲	

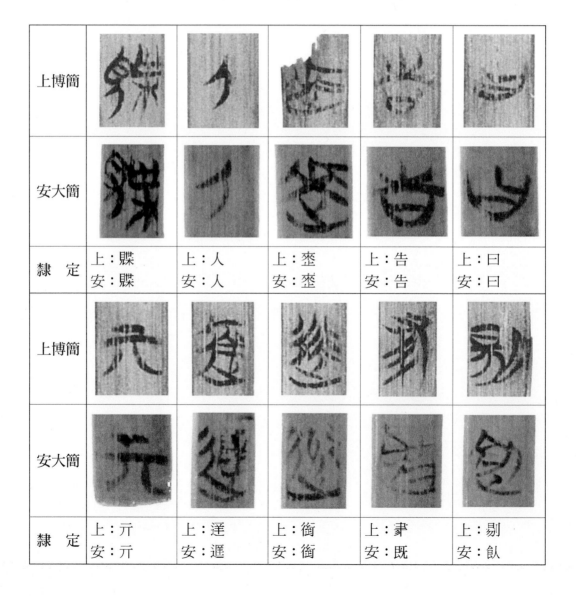

上博簡				
安大簡				
隸　定	上：思 安：囟	上：爲 安：爲	上：葦 安：葦	上：行 安：行

上博簡					
安大簡					
隸　定	上：牒 安：牒	上：人 安：人	上：坓 安：坓	上：告 安：告	上：曰 安：曰
上博簡					
安大簡					
隸　定	上：亓 安：亓	上：遅 安：遅	上：衛 安：衛	上：聿 安：既	上：剔 安：飤

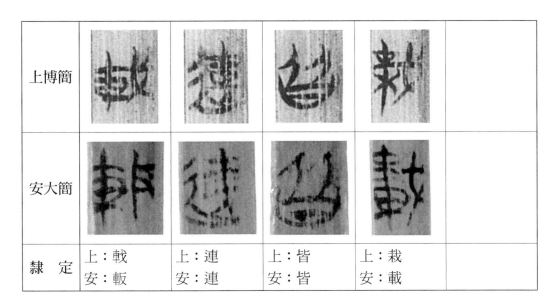

上博簡					
安大簡					
隸　定	上：載 安：軷	上：連 安：連	上：皆 安：皆	上：栽 安：載	

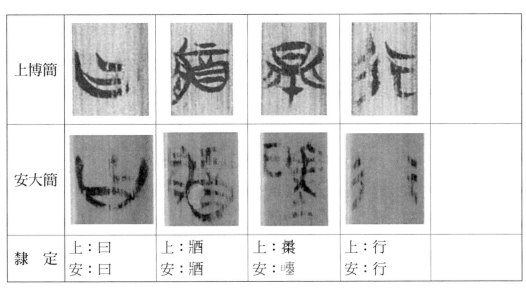

上博簡					
安大簡					
隸　定	上：曰 安：曰	上：牃 安：牃	上：巢 安：曀	上：行 安：行	

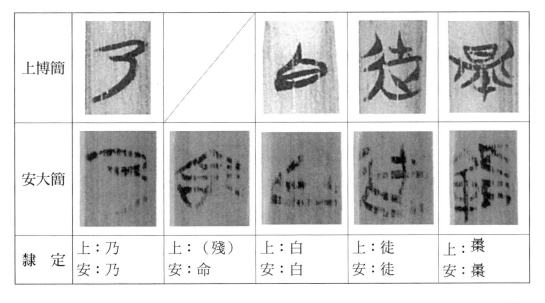

上博簡					
安大簡					
隸　定	上：乃 安：乃	上：（殘） 安：命	上：白 安：白	上：徒 安：徒	上：巢 安：巢

上博簡				
安大簡				
隸　定	上：飤 安：飤	上：烖 安：烖	上：兵 安：兵	

上博簡				
安大簡				
隸　定	上：各 安：各	上：載 安：載	上：尔 安：尔	上：贊 安：贊

上博簡				
安大簡				
隸　定	上：既 安：既	上：戲 安：戲	上：牊 安：牊	上：𤼲 安：塼

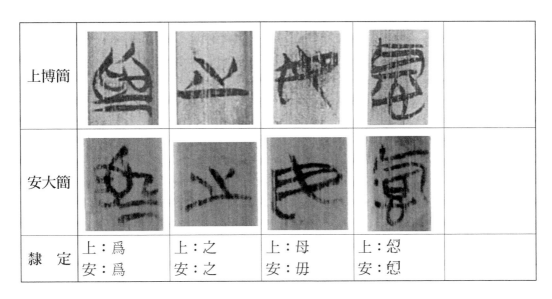

上博簡				
安大簡				
隸　定	上：爲 安：爲	上：之 安：之	上：母 安：毋	上：忿 安：忿

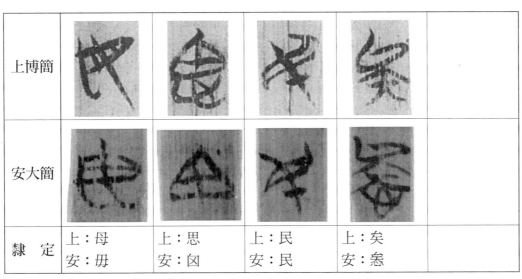

上博簡				
安大簡				
隸　定	上：母 安：毋	上：思 安：囟	上：民 安：民	上：矣 安：𢆶

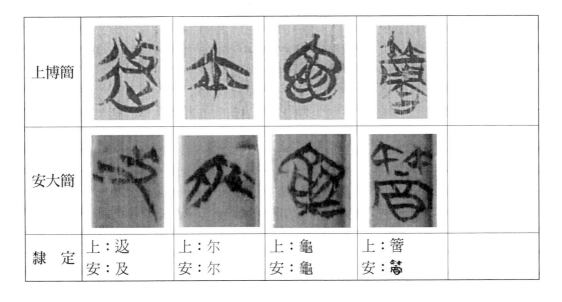

上博簡				
安大簡				
隸　定	上：汲 安：及	上：尔 安：尔	上：龜 安：龜	上：箈 安：箈

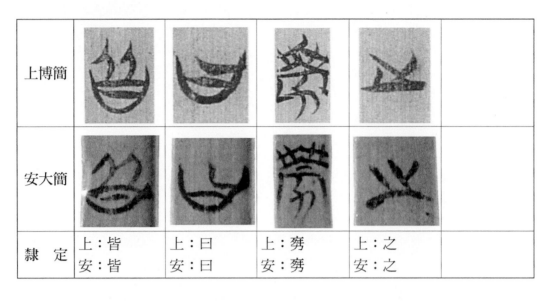

上博簡				
安大簡				
隸　定	上：皆 安：皆	上：曰 安：曰	上：骼 安：骼	上：之 安：之

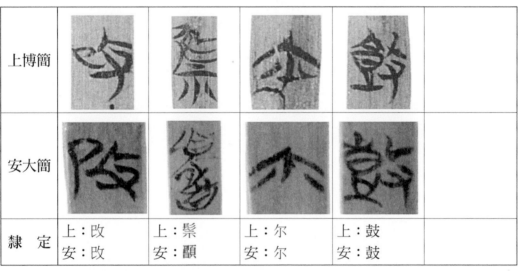

上博簡				
安大簡				
隸　定	上：攺 安：攺	上：鬃 安：顤	上：尒 安：尒	上：鼓 安：鼓

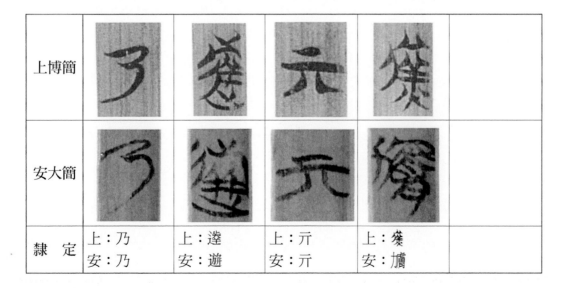

上博簡				
安大簡				
隸　定	上：乃 安：乃	上：遷 安：遊	上：亓 安：亓	上：獵 安：爐

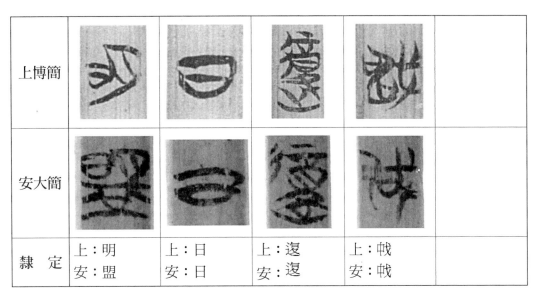

上博簡				
安大簡				
隸　　定	上：明 安：盟	上：日 安：日	上：遚 安：遚	上：㦥 安：㦥

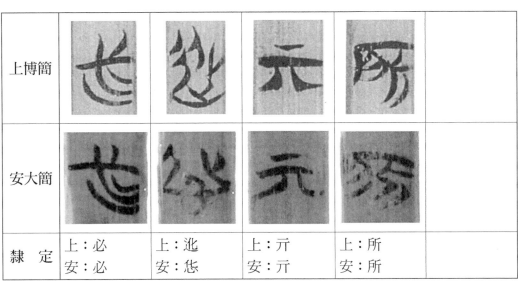

上博簡				
安大簡				
隸　　定	上：必 安：必	上：辿 安：忲	上：亓 安：亓	上：所 安：所

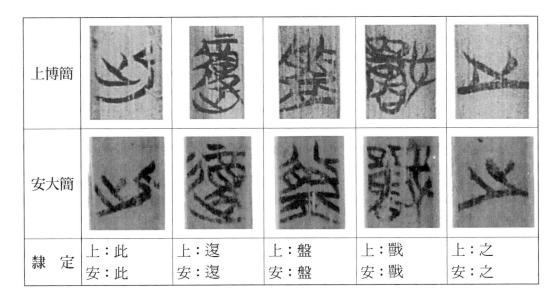

上博簡					
安大簡					
隸　　定	上：此 安：此	上：遚 安：遚	上：盤 安：盤	上：戲 安：戲	上：之 安：之

上博簡					
安大簡					
隷　定	上：道 安：道				

上博簡					
安大簡					
隷　定	上：臧 安：臧	上：公 安：公	上：或 安：或	上：臸 安：臸	上：曰 安：曰
上博簡					
安大簡					
隷　定	上：遝 安：遝	上：甘 安：甘	上：戲 安：戲	上：又 安：又	上：道 安：道

上博簡				
安大簡				
隸　定	上：虡 安：虡			

上博簡				
安大簡				
隸　定	上：倉 安：倉	上：曰 安：曰	上：又 安：又	

上博簡				
安大簡				
隸　定	上：必 安：必	上：慇 安：慇	上：呂 安：呂	上：戒 安：戒

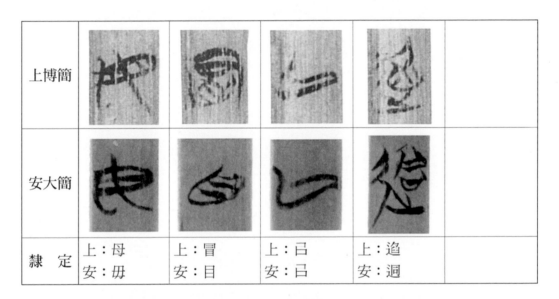

上博簡					
安大簡					
隸　定	上：如 安：若	上：� 安：�	上：弗 安：弗	上：克 安：克	

上博簡					
安大簡					
隸　定	上：母 安：毌	上：冒 安：目	上：呂 安：呂	上：逌 安：迴	

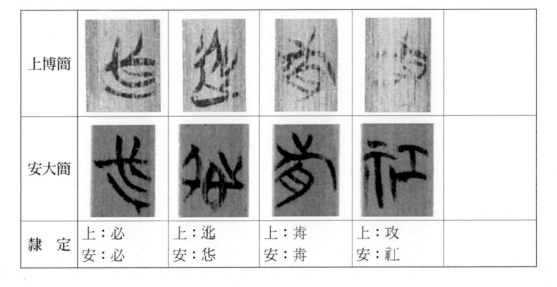

上博簡					
安大簡					
隸　定	上：必 安：必	上：迊 安：ᄯ	上：葺 安：葺	上：攻 安：紅	

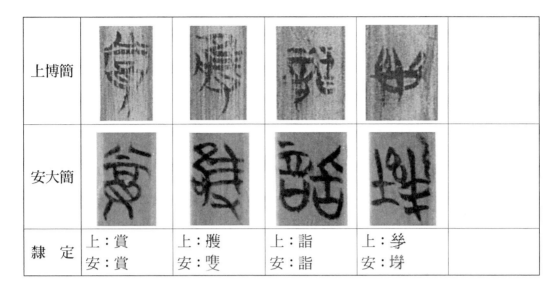

上博簡				
安大簡				
隸　定	上：賞 安：賞	上：攃 安：嗖	上：詣 安：詣	上：孿 安：埒

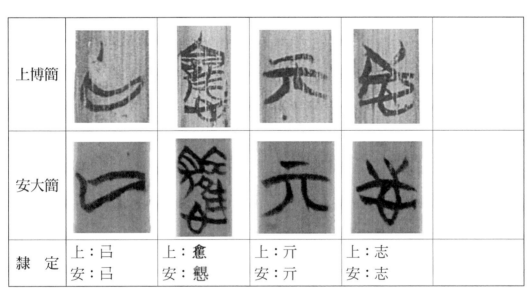

上博簡				
安大簡				
隸　定	上：呂 安：呂	上：戁 安：愳	上：亓 安：亓	上：志 安：志

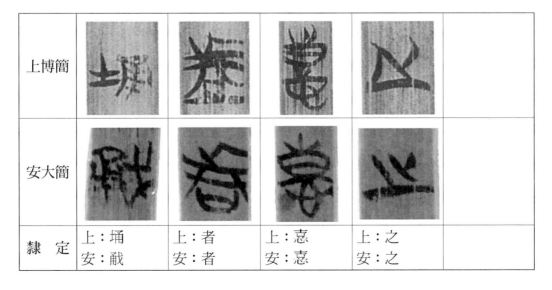

上博簡				
安大簡				
隸　定	上：埇 安：戜	上：者 安：者	上：惎 安：惎	上：之 安：之

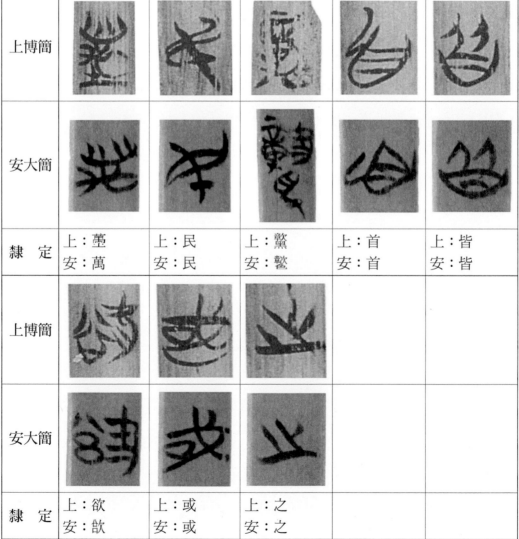

上博簡					
安大簡					
隸　定	上： 安：（殘）	上：者 安：（殘）	上：愳 安：愳	上：之 安：之	

上博簡					
安大簡					
隸　定	上：蘁 安：萬	上：民 安：民	上：駑 安：駑	上：首 安：首	上：皆 安：皆
上博簡					
安大簡					
隸　定	上：欲 安：歓	上：或 安：或	上：之 安：之		

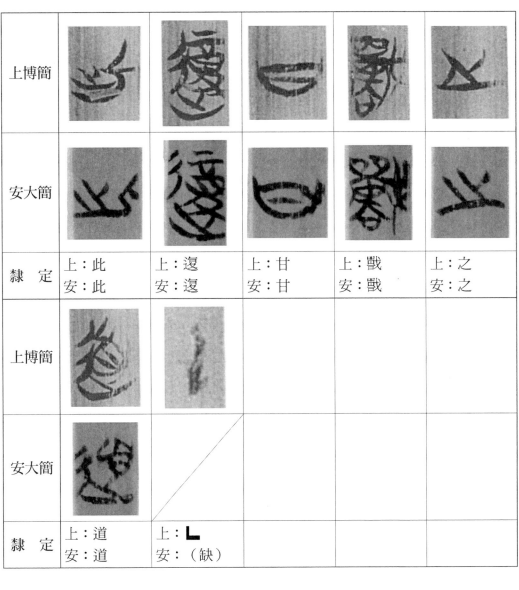

上博簡				
安大簡				
隸　定	上：此 安：此	上：遝 安：遝	上：甘 安：甘	上：戲 安：戲	上：之 安：之
上博簡				
安大簡				
隸　定	上：道 安：道	上：∟ 安：（缺）			

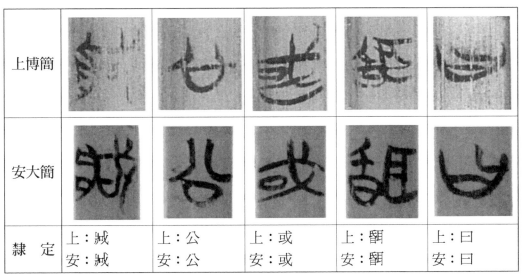

上博簡				
安大簡				
隸　定	上：臧 安：臧	上：公 安：公	上：或 安：或	上：齟 安：齟	上：曰 安：曰

上博簡					
安大簡					
隸　定	上：遑 安：遑	上：故 安：故	上：戰 安：戰	上：又 安：又	上：道 安：道
上博簡					
安大簡					
隸　定	上：虜 安：虜				

上博簡					
安大簡					
隸　定	上：含 安：含	上：曰 安：曰	上：又 安：又		

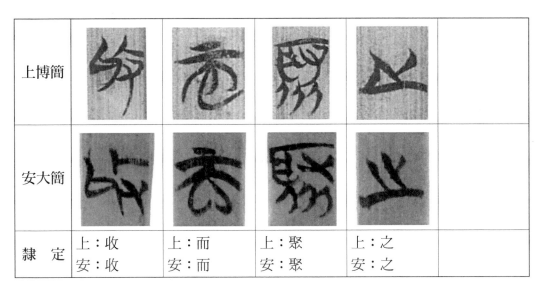

上博簡				
安大簡				
隸　定	上：收 安：收	上：而 安：而	上：聚 安：聚	上：之 安：之

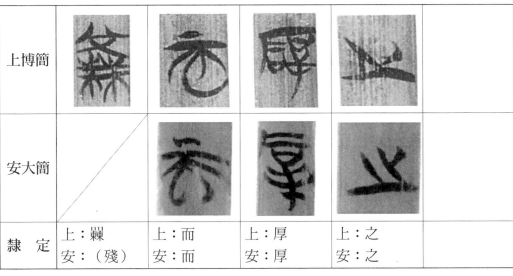

上博簡				
安大簡				
隸　定	上：犩 安：（殘）	上：而 安：而	上：厚 安：厚	上：之 安：之

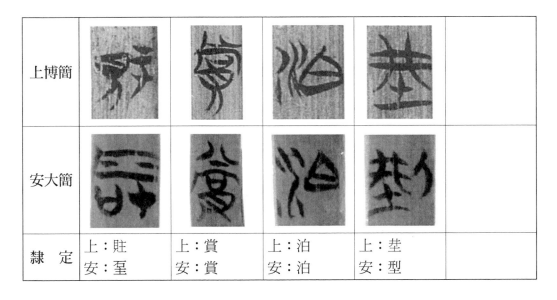

上博簡				
安大簡				
隸　定	上：赶 安：至	上：賞 安：賞	上：泊 安：泊	上：垤 安：型

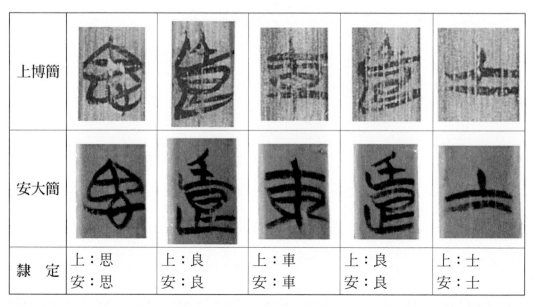

上博簡					
安大簡					
隸　定	上：思 安：囟	上：忘 安：忘	上：亓 安：亓	上：死 安：死	上：而 安：而
上博簡					
安大簡					
隸　定	上：見 安：見	上：亓 安：亓	上：生 安：生		

上博簡					
安大簡					
隸　定	上：思 安：思	上：良 安：良	上：車 安：車	上：良 安：良	上：士 安：士

上博簡	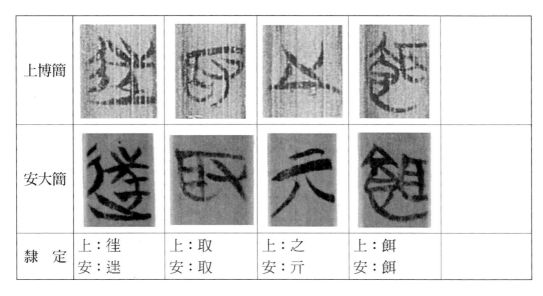				
安大簡					
隸　定	上：徏 安：逄	上：取 安：取	上：之 安：亓	上：餌 安：餌	

上博簡	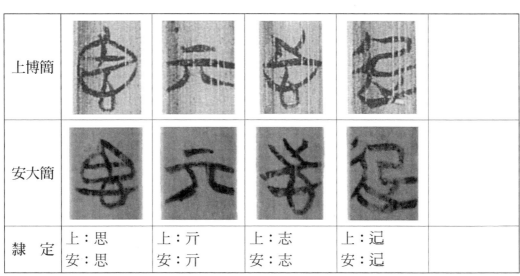				
安大簡					
隸　定	上：思 安：思	上：亓 安：亓	上：志 安：志	上：記 安：記	

上博簡	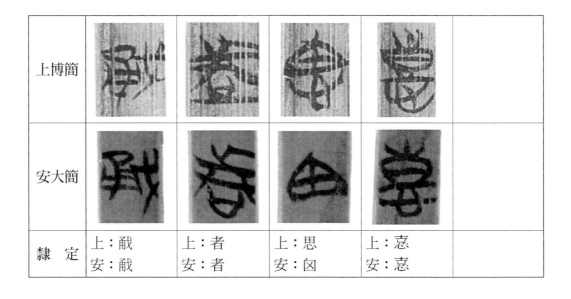				
安大簡					
隸　定	上：戲 安：戲	上：者 安：者	上：思 安：囟	上：惪 安：惪	

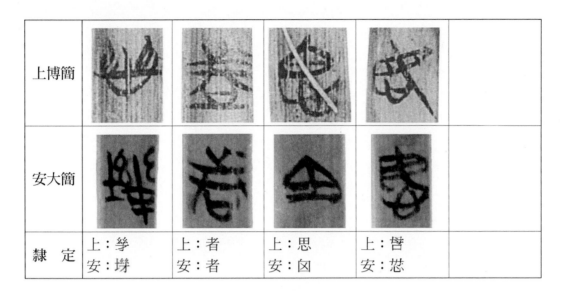

	上博簡	安大簡	隸　定
			上：爭 安：埠
			上：者 安：者
			上：思 安：囟
			上：瞽 安：悉

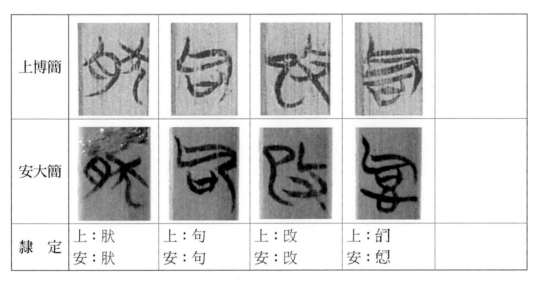

	上博簡	安大簡	隸　定
			上：狀 安：狀
			上：句 安：句
			上：改 安：改
			上：訂 安：恕

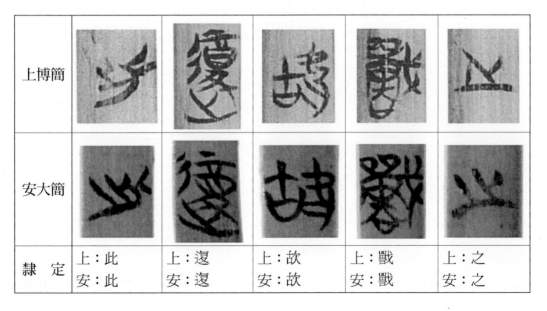

	上博簡	安大簡	隸　定
			上：此 安：此
			上：還 安：還
			上：故 安：故
			上：戰 安：戰
			上：之 安：之

上博簡				
安大簡				
隸　　定	上：道 安：道			

上博簡					
安大簡					
隸　　定	上：臧 安：臧	上：公 安：公	上：或 安：或	上：曧 安：曧	上：曰 安：曰
上博簡					
安大簡					
隸　　定	上：善 安：（缺）	上：攻 安：攻	上：者 安：者	上：系 安：系	上：女 安：女

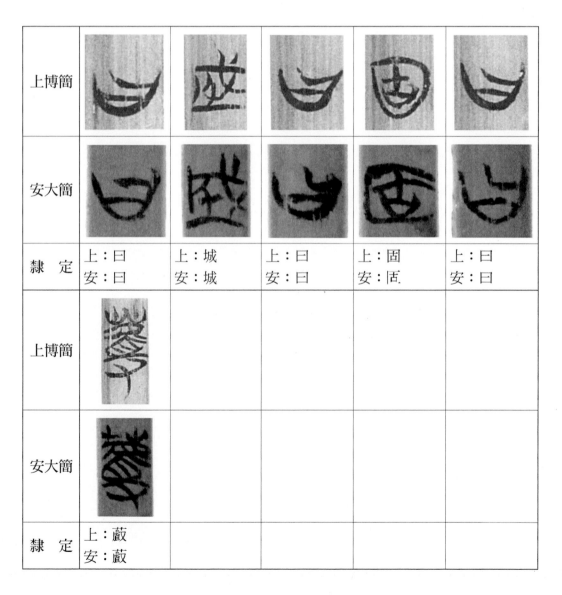

上博簡					
安大簡					
隸　定	上：含 安：含	上：曰 安：曰	上：民 安：民	上：又 安：又	上：寶 安：寶
上博簡					
安大簡					
隸　定	上：曰 安：曰	上：城 安：城	上：曰 安：曰	上：固 安：固	上：曰 安：曰
上博簡					
安大簡					
隸　定	上：蔽 安：蔽				

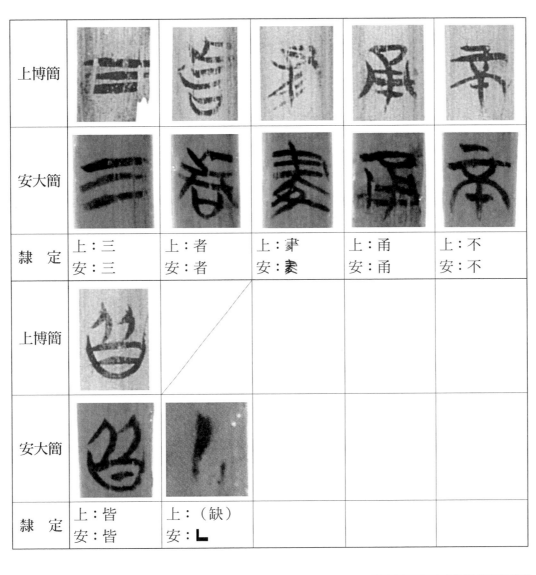

隸　定	上：三 安：三	上：者 安：者	上：𢆶 安：𢆶	上：甬 安：甬	上：不 安：不

隸　定	上：皆 安：皆	上：（缺） 安：∟

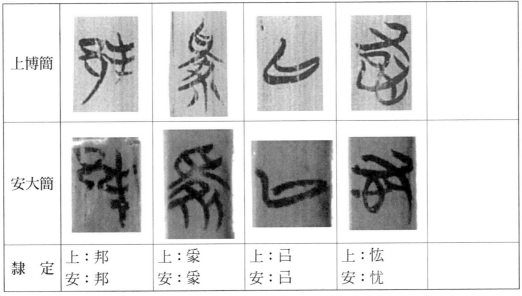

隸　定	上：邦 安：邦	上：豢 安：豢	上：㠯 安：㠯	上：㤖 安：忧

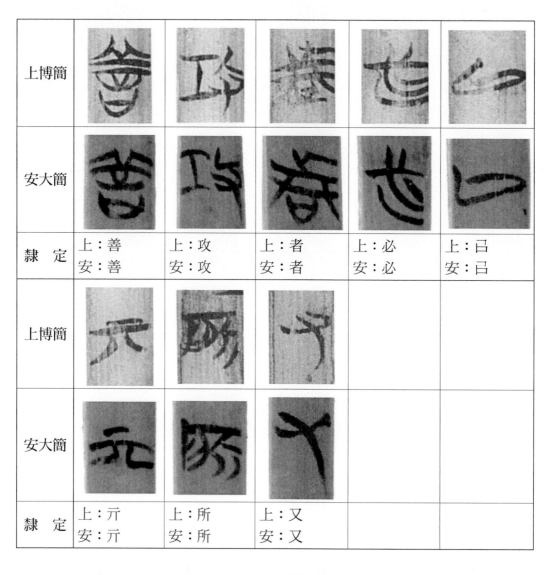

上博簡					
安大簡					
隸　定	上：善 安：善	上：攻 安：攻	上：者 安：者	上：必 安：必	上：呂 安：呂
上博簡					
安大簡					
隸　定	上：亓 安：亓	上：所 安：所	上：又 安：又		

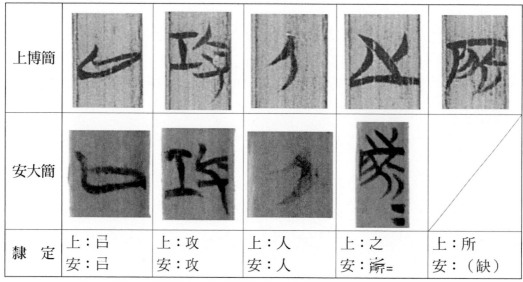

上博簡					
安大簡					
隸　定	上：呂 安：呂	上：攻 安：攻	上：人 安：人	上：之 安：䚕=	上：所 安：（缺）

上博簡					
安大簡					
隸　定	上：亡 安：亡	上：又 安：又			

上博簡					
安大簡					
隸　定	上：娍 安：娍	上：公 安：公	上：（缺） 安：或	上：（缺） 安：語	上：曰 安：曰
上博簡					
安大簡					
隸　定	上：善 安：善	上：獸 安：獸	上：者 安：者	上：奚 安：奚	上：女 安：女

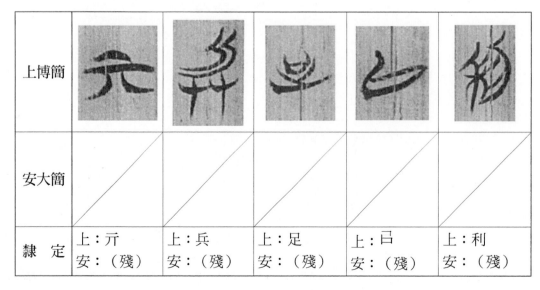

上博簡					
安大簡					
隸　定	上：㑏 安：㑏	上：曰 安：曰	上：元 安：元	上：飤 安：飤	上：（缺） 安：必
上博簡					
安大簡					
隸　定	上：足 安：足	上：吕 安：吕	上： 安：（殘）	上： 安：（殘）	

上博簡					
安大簡					
隸　定	上：亓 安：（殘）	上：兵 安：（殘）	上：足 安：（殘）	上：吕 安：（殘）	上：利 安：（殘）

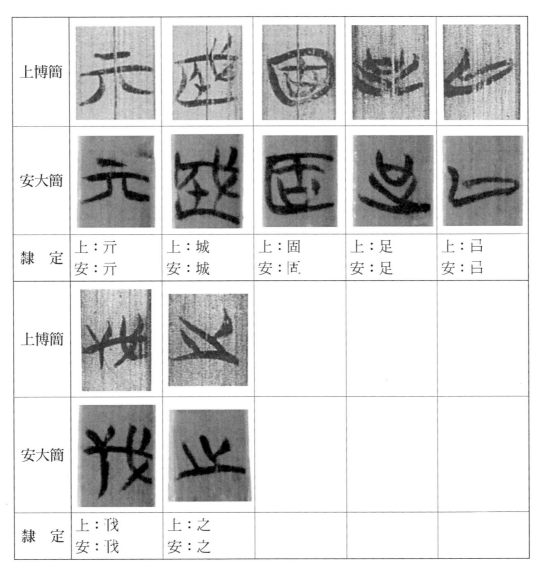

上博簡				
安大簡				
隸　定	上：之 安：（殘）			

上博簡				
安大簡				
隸　定	上：亓 安：亓	上：城 安：城	上：固 安：固	上：足 安：足	上：呂 安：呂
上博簡				
安大簡				
隸　定	上：戔 安：戔	上：之 安：之			

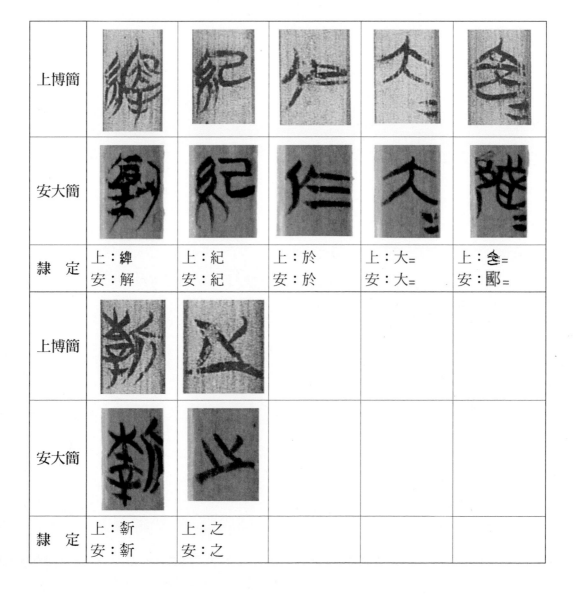

上博簡				
安大簡				
隸　定	上：卡= 安：卡=	上：和 安：和	上：虜 安：虜	上：昌 安：邑
上博簡				
安大簡				
隸　定	上：緯 安：解	上：紀 安：紀	上：於 安：於	上：大= 安：大=	上：舍= 安：鄅=
上博簡				
安大簡				
隸　定	上：斬 安：斬	上：之 安：之			

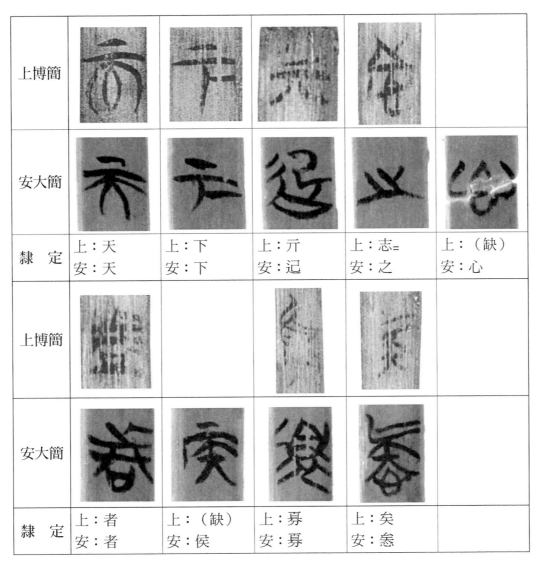

上博簡					
安大簡					
隸　定	上：天 安：天	上：下 安：下	上：亓 安：记	上：志= 安：之	上：（缺） 安：心
上博簡					
安大簡					
隸　定	上：者 安：者	上：（缺） 安：侯	上：募 安：募	上：矣 安：惫	

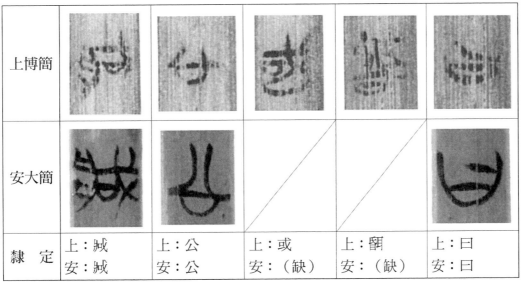

上博簡					
安大簡					
隸　定	上：臧 安：臧	上：公 安：公	上：或 安：（缺）	上：뫭 安：（缺）	上：曰 安：曰

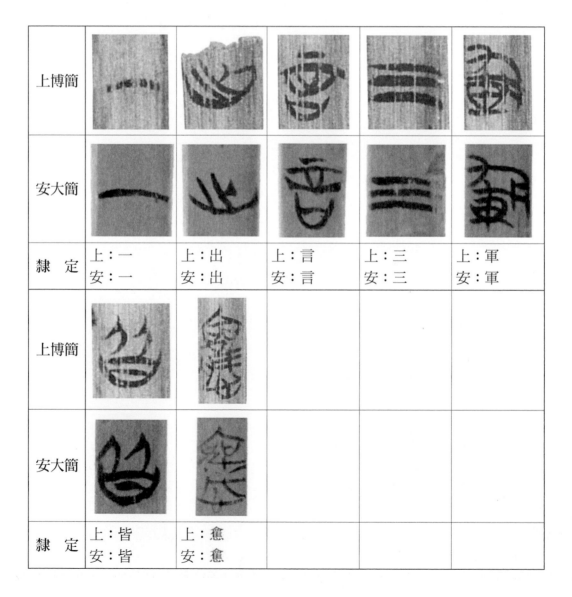

隸　定	上：虗 安：虗	上：又 安：又	上：所 安：所	上：翻 安：翻	上：之 安：之

隸　定	上：一 安：一	上：出 安：出	上：言 安：言	上：三 安：三	上：軍 安：軍

隸　定	上：皆 安：皆	上：愈 安：愈			

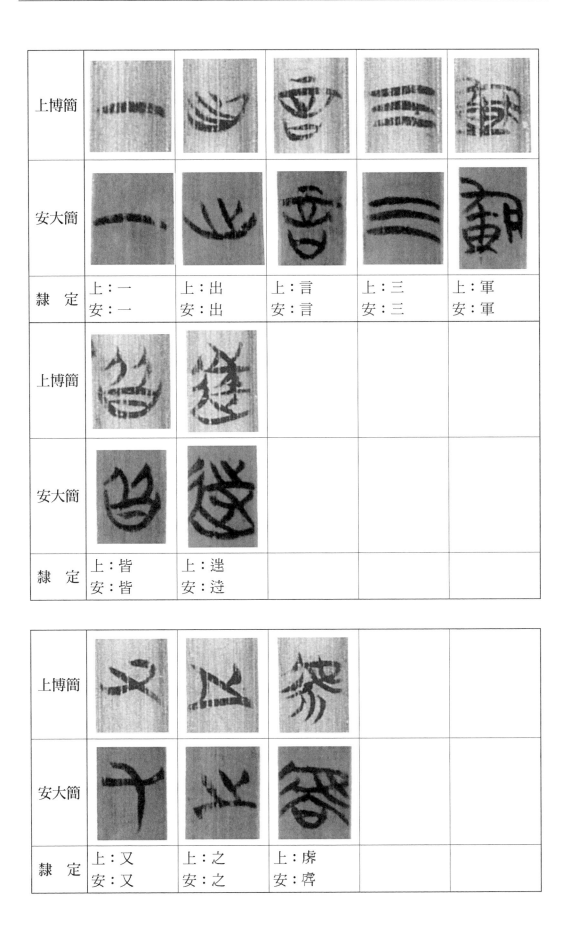

上博簡					
安大簡					
隸　定	上：一 安：一	上：出 安：出	上：言 安：言	上：三 安：三	上：軍 安：軍
上博簡					
安大簡					
隸　定	上：皆 安：皆	上：逪 安：迳			

上博簡			
安大簡			
隸　定	上：又 安：又	上：之 安：之	上：虖 安：虖

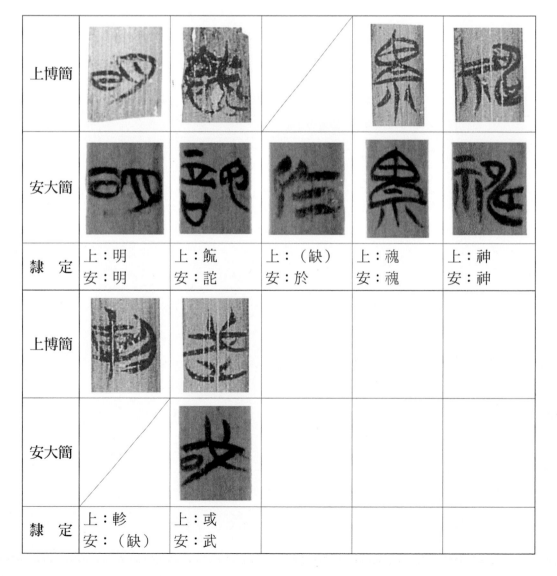

上博簡				
安大簡				
隸　定	上：貪 安：貪	上：曰 安：曰	上：又 安：又	

上博簡				
安大簡				
隸　定	上：明 安：明	上：飢 安：詫	上：（缺） 安：於	上：魂 安：魂	上：神 安：神
上博簡				
安大簡				
隸　定	上：軫 安：（缺）	上：或 安：武		

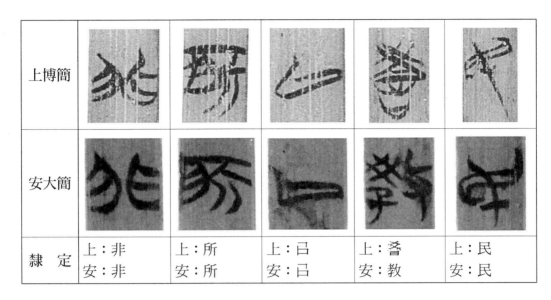

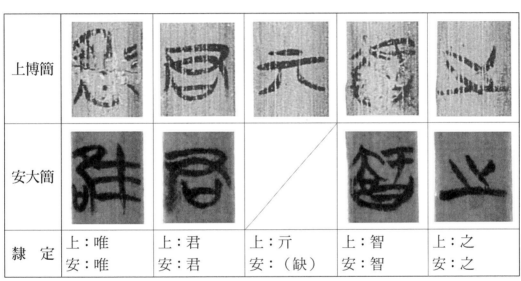

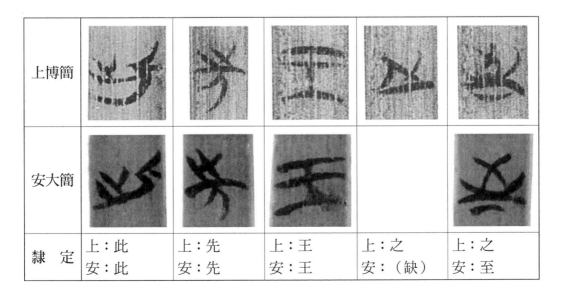

上博簡					
安大簡					
隸　定	上：道 安：道				

上博簡					
安大簡					
隸　定	上：臧 安：臧	上：公 安：公	上：曰 安：曰	上：蔑 安：蔑	上：虗 安：虗
上博簡					
安大簡					
隸　定	上：言 安：言	上：氏 安：氏	上：不 安：不	上：而 安：（缺）	上：女 安：女

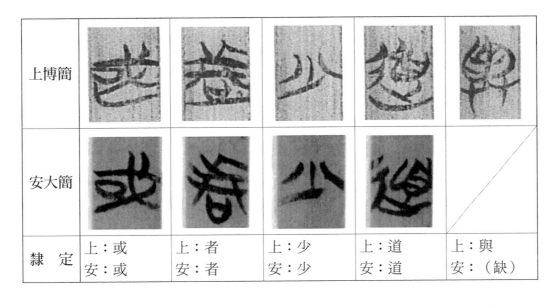

上博簡					
安大簡					
隸　定	上：或 安：或	上：者 安：者	上：少 安：少	上：道 安：道	上：與 安：（缺）

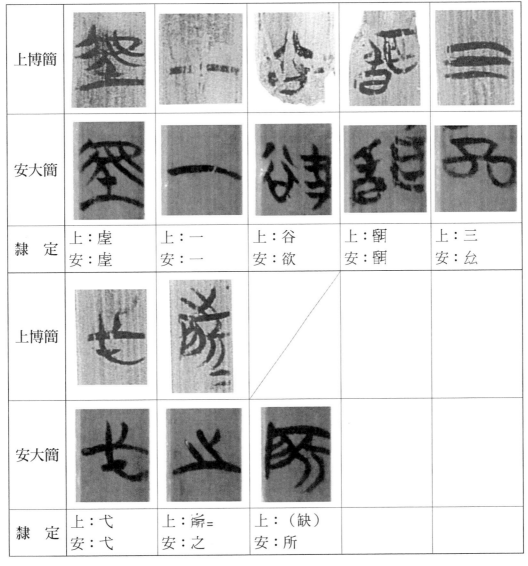

上博簡					
安大簡					
隸　定	上：虖 安：虖	上：一 安：一	上：谷 安：欲	上：臖 安：臖	上：三 安：厽
上博簡					
安大簡					
隸　定	上：弋 安：弋	上：㞢= 安：之	上：（缺） 安：所		

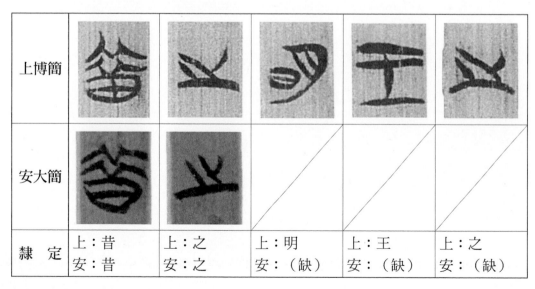

上博簡					
安大簡					
隸　定	上：敿 安：敿	上：蔑 安：蔑	上：龠 安：龠	上：曰 安：曰	上：臣 安：臣
上博簡					
安大簡					
隸　定	上：𩫖 安：𩫖	上：之 安：之			

上博簡					
安大簡					
隸　定	上：昔 安：昔	上：之 安：之	上：明 安：（缺）	上：王 安：（缺）	上：之 安：（缺）

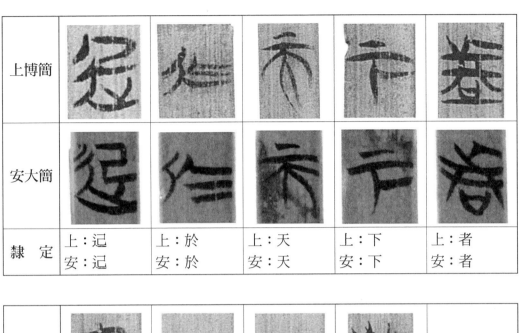

上博簡					
安大簡					
隸　定	上：迟 安：迟	上：於 安：於	上：天 安：天	上：下 安：下	上：者 安：者

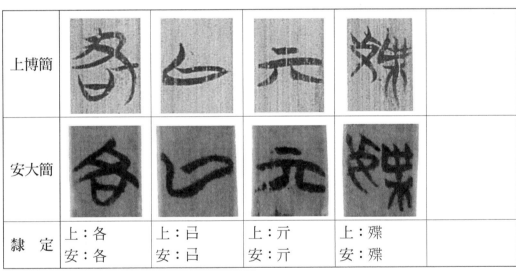

上博簡					
安大簡					
隸　定	上：各 安：各	上：吕 安：吕	上：亓 安：亓	上：殜 安：殜	

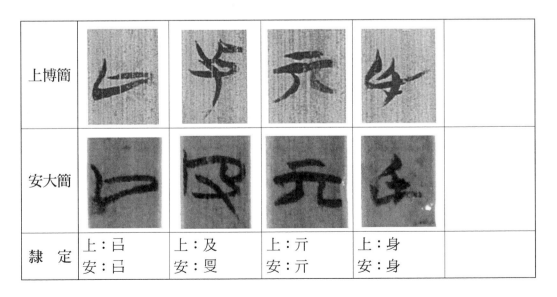

上博簡					
安大簡					
隸　定	上：吕 安：吕	上：及 安：昃	上：亓 安：亓	上：身 安：身	

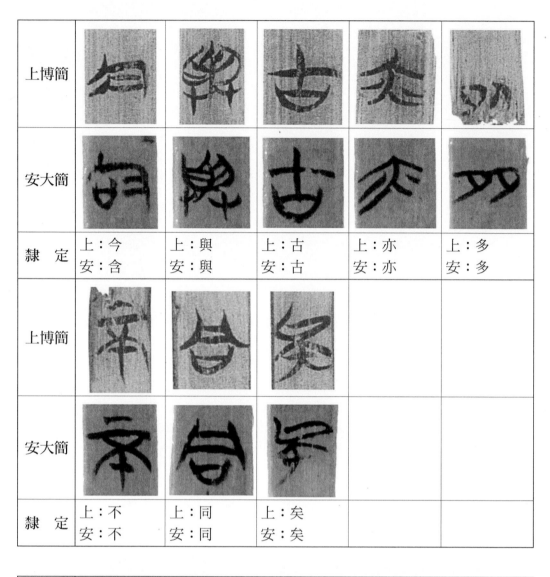

上博簡					
安大簡					
隸　定	上：今 安：含	上：與 安：與	上：古 安：古	上：亦 安：亦	上：多 安：多
上博簡					
安大簡					
隸　定	上：不 安：不	上：同 安：同	上：矣 安：矣		

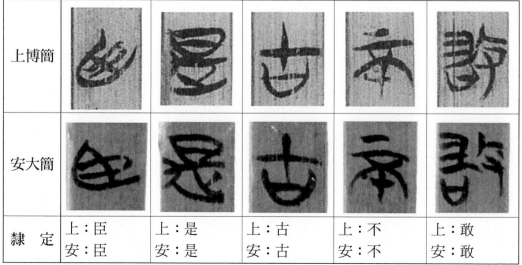

上博簡					
安大簡					
隸　定	上：臣 安：臣	上：是 安：是	上：古 安：古	上：不 安：不	上：敢 安：敢

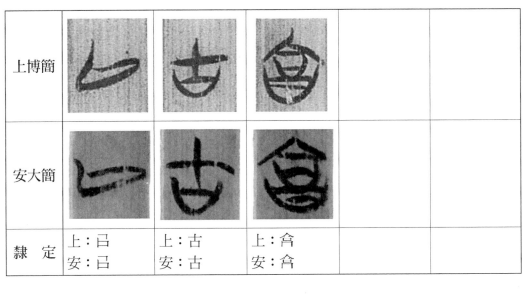

上博簡					
安大簡					
隸 定	上：㠯 安：㠯	上：古 安：古	上：龕 安：龕		

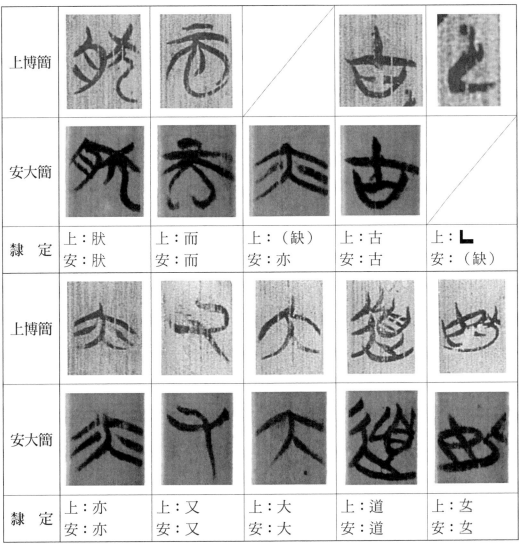

上博簡					
安大簡					
隸 定	上：狀 安：狀	上：而 安：而	上：（缺） 安：亦	上：古 安：古	上：乚 安：（缺）
上博簡					
安大簡					
隸 定	上：亦 安：亦	上：又 安：又	上：大 安：大	上：道 安：道	上：女 安：女

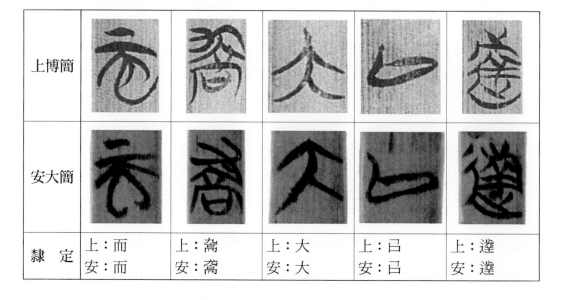

上博簡				
安大簡				
隸　定	上：必 安：必	上：共 安：鞾	上：嗇 安：嗇	上：㠯 安：㠯	上：旻 安：旻
上博簡				
安大簡				
隸　定	上：之 安：之				
上博簡				
安大簡				
隸　定	上：而 安：而	上：喬 安：喬	上：大 安：大	上：㠯 安：㠯	上：逢 安：逢

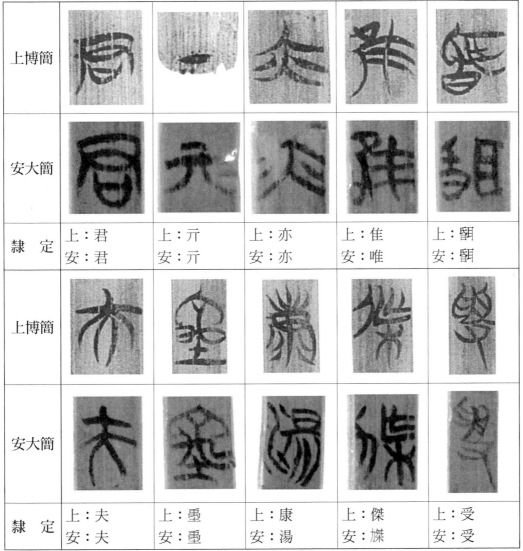

上博簡				
安大簡				
隸　定	上：之 安：之			

上博簡				
安大簡				
隸　定	上：君 安：君	上：亓 安：亓	上：亦 安：亦	上：佳 安：唯	上：朝 安：朝
上博簡				
安大簡				
隸　定	上：夫 安：夫	上：璗 安：璗	上：康 安：湯	上：傑 安：㑮	上：受 安：受

上博簡					
安大簡					
隸定	上：矣 安：矣	上：乚 安：乚	上：（缺） 安：乚		

上博簡					
安大簡					
隸定	上：（缺） 安：敢	上：（缺） 安：貪	上：（缺） 安：肰	上：（缺） 安：而	上：（缺） 安：亦
上博簡					
安大簡					
隸定	上：（缺） 安：古				

上博簡					
安大簡					
隸　定	上：（缺） 安：佷	上：（缺） 安：衛	上：（缺） 安：者		上：（缺） 安：軍
上博簡					
安大簡					
隸　定	上：（缺） 安：是	上：（缺） 安：胃			
上博簡					
安大簡					
隸　定	上：（缺） 安：令	上：（缺） 安：子	上：（缺） 安：孔		

上博簡				

安大簡				
隸　定	上：（缺） 安：幾			

上博簡				
安大簡				
隸　定	上：（缺） 安：節			

上博簡				
安大簡				
隸　定	上：（缺） 安：盤			

上博簡				

安大簡					
隸　　定	上：（缺） 安：㘈				

上博簡					
安大簡					
隸　　定	上：（缺） 安：髦				

附錄二 〈曹沫之陳〉錯訛字表

用　字	簡　號	字　形	辭　例
欲 （上）	簡 2 正		～於土銅
訟 （上）	簡 34		匹夫寡婦之獄～
旦 （上）	簡 33		不和則不～
義 （上）	簡 36		爲～如何
食 （上）	簡 32 上		其將帥盡～
退 （上）	簡 24 下		～則見亡
啓 （上）	簡 44		其～節之不疾
觳 （上）	簡 32 下		既戰將～
備 （上）	簡 52		乃失其～
國 （上）	簡 16		解紀於大～，大～親之

字	簡	圖	釋文
散 （安）	簡 2		此不貧於～而富於德歟
聿 （安）	簡 6		君弗～
又 （安）	簡 7		曷～弗得
而 （安）	簡 8		～無有私也
克 （安）	簡 10		或以～
交 （安）	簡 10		敵邦～地
佢 （安）	簡 11		所以～邊
鄩 （安）	簡 11		所以拒～
悉 （安）	簡 11		毋～貨資
佢 （安）	簡 11		所以～內
獸 （安）	簡 11		必有戰心以～
舍 （安）	簡 12		不可以出～
舍 （安）	簡 12		不和於～
和 （安）	簡 13		爲～於邦如何
歨 （安）	簡 14		貴賤同～
囡 （安）	簡 16		毋～爵
毋 （安）	簡 16		～避罪

會 （安）	簡 16		同都而教於邦則期～之不難
胃 （安）	簡 17		是～軍紀
而 （安）	簡 18		毋尚獲～尚聞命
昰 （安）	簡 19		不和則不～
袋 （安）	簡 20		君毋憚自～
昰 （安）	簡 23		不和則不～
畏 （安）	簡 23		不嚴～則不勝
圪 （安）	簡 23		～盛則易合
曰 （安）	簡 24		答～
砥 （安）	簡 24		人之兵不～礪
砥 （安）	簡 25		我兵必～礪
哀 （安）	簡 30		弗～危地
褍 （安）	簡 31		～不在子
退 （安）	簡 33		～則見亡
盤 （安）	簡 33		復～戰有道乎
剔 （安）	簡 34		測死度～
逢 （安）	簡 34		凡～車甲

載 （安）	簡 35		～連皆載
纍 （安）	簡 35		曰將～行
筮 （安）	簡 36		及爾龜～
逢 （安）	簡 36		乃～其服
獲 （安）	簡 37		賞～示蒽
欲 （安）	簡 38		萬民、黔首皆～有之
寶 （安）	簡 40		民有～
妻 （安）	簡 40		三者～用不稽
忧 （安）	簡 41		邦家以～
旦 （安）	簡 42		上下和且～
逴 （安）	簡 43		一出言三軍皆～
武 （安）	簡 43		振～
畜 （安）	簡 45		而～泰以失之
纍 （安）	簡 35 背		

後　記

　　讀碩這兩年半，感謝指導老師高佑仁，佑仁老師對我的教導及生活幫助良多。本文從選題到成文，佑仁老師費心甚多，亦對本文之內容提出許多非常具體且詳盡的修改意見，使本文更為完善。

　　感謝沈寶春老師（國立成功大學）及蘇建洲老師（國立彰化師範大學）擔任我的口試委員。沈師審閱論文非常仔細，細閱每字每句，且提供釋讀之方向來修改案語。蘇師是古文字學界最頂尖的學者。蘇師在審閱論文時，提出許多其個人看法及學界新說以供我參考，可見他對古文字有充分的熱誠，可謂「十年如一日」，當是學者之典範，也是我學習的榜樣。

　　求學期間承蒙多位師友之幫助與鼓勵。感謝張光裕主任（香港恒生大學）、袁國華研究員（衛生福利部國家中醫藥研究所）引領我進入古文字之研究。感謝黃耀堃老師（香港中文大學）、鄭憲仁主任（國立臺南大學）、陳鴻圖老師（香港恒生大學）之教誨。感謝鄧佩玲老師（香港大學）、大西克也老師（日本東京大學）、葉勇老師（香港大學附屬學院）、馮朗颸學長（上海復旦大學）、簡欣儀學姊（國立成功大學）、嚴浩然學長（國立成功大學）、任龍龍先生（廣州中山大學）、王鵬遠先生（北京清華大學）提供許多資料給我，以及給予最大的支持與鼓勵。

嘉文謹識 2023.11.27